中公文庫

# ＡＩＯ民間刑務所（上）

矢月秀作

中央公論新社

目次

# ＡＩＯ民間刑務所（上）

# 第一章　孤島の牢獄

1

那覇《なは》空港から南西へ飛ぶこと三十分、プロペラ機は海沿いのわずかな平地に造られた滑走路に着陸した。

プロペラ機が停止する。地上で待機していた作業員が表からドアを開け、タラップを引っかける。

若林耕平《わかばやしこうへい》はボストンバッグを抱え、滑走路に降り立った。

「暑いなあ……」

抜けるような青空を見上げながらバッグを足下に置き、着ていたジャケットを脱いだ。

「若林耕平さんね」

小柄で真っ黒に灼《や》けた男性作業員が声をかけてきた。

「そうです。第一更生所の方ですか？」

耕平が訊《き》いた。

「あんな連中と一緒にしないでくれ」

「どういう意味です？」

男を見やる。

男は返事もせず、胸のポケットから小さな無線機を取り出した。

耕平は胸元にぶら下がっているネームプレートを見た。島袋《しまぶくろ》と書いてある。

「島袋さんって言うんですね。よろしくお願いします」

耕平は右手を出した。しかし、島袋はチラリとも耕平のほうを見ず、連絡を続けていた。

無愛想な対応に小さくため息をつき、ズボンのポケットからハンカチを取り出して首筋に垂れる汗を拭《ぬぐ》った。

島袋が連絡を取っている間、滑走路の先を見やった。

真っ青な海がどこまでも続き、空と水平線が交わっている。潮風に吹かれながら海を見つめていると、そのまま悠大な自然の青さに吸い込まれてしまいそうだった。

ぼんやりしていると、連絡を終えた島袋がギョロッとした眼で耕平の顔を覗《のぞ》き込んできた。

「ここで待ってろ。すぐ、迎えが来るから」

「ここでって……滑走路の上で？」

「そうさ。心配せんでも、あと二時間は飛行機の離着陸はないさ」

島袋は脇に停めていたレッカー車に乗り込み、プロペラ機の牽引《けんいん》作業を始めた。

島袋にとりつくしまはない。耕平は再びため息をつき、ボストンバッグの上に腰を下ろした。

プロペラ機が格納庫へと運ばれていく。飛行機のなくなっただだっ広い滑走路に、ポツンと取り残された耕平は、手もちぶさたにあちこちを見回した。

長屋のような管理センターがある。その脇にコンクリートの箱みたいな格納庫がある。そして、空港を囲むように金網がある。それ以外は、海と空と繁《しげ》みだけ。

「本当に、こんなところに刑務所があるのか……？」

ぼそりとつぶやく。

と、格納庫の脇から、黒いセダンが現われた。耕平のほうへ近づいてくる。

耕平は立ち上がって、車を見た。フロントのバンパーもナンバープレートもなかった。

車体は、錆びつき、すすけている。

「まさか……あれか？」

耕平は訝《いぶか》しんだ。車は耕平の前で速度を落とし、脇で停まった。

「まじか……」

思わず、声が漏れる。

運転席から、深紅のベレー帽を被り、青い制服を着た背の高い男が降りてきて、リアから回り込んできた。

「若林耕平さんですね」

「そうですが」

「AIO《アイオ》第一更生所の照屋《てるや》です。お迎えに上がりました」

照屋と名乗った若い男は、灼けた顔に白い歯を覗かせ、耕平に近づいてきた。

「荷物は、これだけですか?」

「あ、はい……」

耕平が返事をすると、照屋はボストンバッグをつかみ、後部ドアを開けた。ドアが軋《きし》みを上げるが、照屋はおかまいなしだ。バッグをシートに放り込み、ドアを閉めた。

「じゃあ、行きましょう」

照屋が笑顔を向ける。が、マジマジと車を眺めている耕平に気づき、言った。

「少し古いですが、走行に問題はありません。車体が汚れているのは、防塩剤を塗っているからです」

「それはいいんですけど……」

「バンパーとか、ナンバーですか? いいんですよ。ここじゃあ、我々の車以外、車らしい車は走りませんし。信号も、あってないようなものですから」

「ここ、日本ですよね？」

「何、冗談言ってるんですか。乗ってください」

照屋は言い、運転席に回り込んでいった。

耕平は今にも壊れそうな音を立てるドアをこじ開け、助手席に乗り込んで、思いきり閉めた。シートベルトがあるはずの場所に手を伸ばすが、ベルトの欠けらもない。

「クーラーは壊れてるんで、ちょっと暑いかもしれないですけど、二十分程度ですから、ガマンしてくださいね」

照屋が運転席に乗り込んで、そう言う。

「十月の会話とは思えないなあ……」

「何か言いました？」

「いや……」

耕平は言葉を濁し、窓枠に肘《ひじ》をかけて外に目を向けた。

走り出した車は滑走路を横切り、格納庫の壁沿いを左に曲がった。すぐにゲートが見えた。黄色と黒の螺旋《らせん》模様のバーが二本、横たわっている。脇に、管理人のいるボックスがあった。

照屋は速度を落とした。胸につけていた職員証を見せる。と、何ら手続きもなくバーが上げられた。

照屋は当たり前のように、ブッシュに囲まれた舗装《ほそう》道路に出ていく。

「ずいぶん、簡単にゲートが開くんですね」

「各ゲートは、職員証を提示するだけでいいんですよ」

「囚人が職員証を手に入れれば、簡単に外へ出られるということになりませんか？」

「それはあり得ません。今、職員証を差し出しただけに見えたでしょうけど、瞬時にゲート間を通っている赤外線が、僕のカードの情報を読みとっているんですよ。そのデータは、管理ボックス内のシステムに送られる。僕が、若林さんを迎えに来ていることは、あらかじめ管理センターから情報が送られていますから、それをボックス内の管理人が確認すれば、ゲートが開かれる。有人のETCみたいなものですよ」

「高速道路の無人料金システムですね」

「それです。ここは離島で、飛行機かヘリがなければ脱出は不可能です。ですから、脱獄ということは万に一つもありませんが、一応刑務所ではあるわけですから、そのへんのセキュリティーは最新設備を整えているんですよ」

「けど、船があれば、島から出られるんじゃありませんか？」

「島にあるたった一つの漁港も、三隻の漁船も、我々の管理下にあります。それにもし、囚人が船を手に入れられたとしても、素人《しろうと》の操船で島から出るのは、不可能でしょう」

「言い切れるんですか？」

「この島は、太平洋に突き出たところにあります。堤防の外は、普段でも三メートルを超す波が立っています。しかも、潮流が複雑で、波の方向も常に変わっている。熟練した地元の漁師でさえ、少しでも天候が悪ければ、出船しないようなところです。そんな海に素人が生半可な操船で漕《こ》ぎ出せば、転覆して鮫《さめ》に食われるのがオチですよ。実際に逃亡を謀《はか》った者もいましたが、海に出た者はみな、行方不明になっている。それに、海へ出るまでも大変なんですよ」

「……というと？」

「周りのマングローブ林やヒカゲヘゴの繁み、サトウキビやマンゴーの畑には、ハブがウヨウヨいます。ハブというのは温度に敏感で、暗い場所でも動物の温度を感じれば、それに向かって飛びかかってくるんです」

「つまり、追われないようにブッシュに入って逃げようとすれば、ハブに殺《や》られると」

「ブッシュだけじゃありません。夜間になれば、今走っている舗装道路にまで、エサを求めてハブが出てきます。ここらへんのハブは、冬眠もしませんからね。ハブ毒は、意外に回りは遅いんですけど、やつらに噛《か》まれてほっとけば三日と保《も》ちませんよ。それに運よく海までたどり着いても、水の中にはイラブー、海蛇のことです。イラブーやハブクラゲなんかもいます。少し賢いヤツなら、夜間どころか昼間でも逃げ出そうなんて考えないですよ」

照屋は、当然のことのように言う。

耕平は話を聞きながら周りのマングローブ林や海を見やり、目を丸くして、生唾《なまつば》を飲み込んだ。

その様子を一瞥《いちべつ》し、照屋が言った。

「すみません。少し脅かしすぎましたね。今のはあくまでも、通常から外れた行動をすれば、それだけの危険があるという話です。普通に生活していれば、こんなに楽しい場所はありませんよ。我々にも、更生者たちにとっても」

「そうなんですか。そうですよね、こんなきれいな島。けど、さっき、作業員の人に更生所の方ですかって訊いたら怒られてしまいました」

「ああ。きっと、地元の人なんでしょうね。ほとんどの住民が、更生所の誘致には賛成だったんですけど、中には、勝手に島を開発されて快《こころよ》く思っていない人もいる。よそ者が入ってくるのを嫌ってる人がね」

「そういうことか……」

耕平は、島袋の無愛想な顔を思い浮かべ、うなずいた。

「それに、更生官の中には、僕みたいなのもいますから。実は僕、ＡＩＯ第一更生所の出身なんですよ」

「えっ？」

「更生所に送られた更生者なんです。つまり、元犯罪者」

「照屋さんが？」

「本島に住んでたんですが、つまらない傷害事件を起こしちまいましてね。それで、ここへ送られました。まあ、地元の人の中に、そういうのが堪《た》えられないって人がいるのは、仕方ないですけどね」

話している途中で、車がブッシュを抜けた。周りには背の高いサトウキビやマンゴー畑が広がった。

白いつなぎを着た男たちが、頭にタオルを巻き、鍬《くわ》や鎌《かま》を握って、作業していた。

「畑が見えるでしょ」

「はい……」

「そこで作業しているのは、みんな、更生者なんですよ」

「えっ？　しかし……制服を着た職員が見当たりませんが」

「更生官の監視がない作業場もあるんです。班が決まっていて、その班の班長に任命された更生者が責任をもって、畑の持ち主と共同で作業を行なっているんです」

「囚人たちに自由に、畑仕事をやらせてるっていうんですか？」

「そうです。ここでの労働は、強制ではあるけれど、限りなく更生者の自主性を尊重しています。労賃も働いた分だけ出してくれます。普通に仕事しているのと同じなんですよ」

「それで、統制が取れるんですか？」

「意外に思うでしょうけど、文句を言うヤツはあまりいないんです。実際、僕も中にいた人間だからわかりますが、ここでは当たり前のことを当たり前にやっていれば、決まった時間、宿舎に拘束されるということ以外は外の世界と何ら変わりない。これといって抑圧されることもないんですから、文句の言いようもありません」

「なるほどな……」

「それに、ここでは金になる仕事をさせてくれる。つまりそれは、実社会に出てすぐに役立つ職業能力を身につけさせてくれることでもあるんです。本島や内地でも、ＡＩＯ出身の更生者はすぐ就職口が見つかります。適度にガマンすることも覚えて、働き口もすぐ見つけられて、実社会で生活できる。ここで真面目に過ごして、損することはないんですよ。はみ出した僕らみたいな人間にとっては」

「照屋さんはなぜ、ここに残ったんです？」

「僕ですか？　僕は、なんだかこの島が好きになってしまいまして。地元の畑仕事でも手伝おうと思っていたんですけど、担当更生官にその話をしたら、ＡＩＯで働いてみないかと言われまして」

「それで、ＡＩＯに？」

「ええ。更生官の話を聞いて、僕も更生者たちの力になれれば……なんて、思いましてね。

元更生者だから、彼らの不満もよくわかりますし。いいか悪いかは、別にして」

そう言って、笑みを浮かべる。

「若林さんは、どうして更生官になろうと思ったんです？」

「僕は――」

耕平はフッと車窓に視線を投げ、島へ来るまでのことを思い返した。

2

「耕平さん。これ、どういうことなの？」

佐嶋恵《さじまめぐみ》は、一枚の紙切れを耕平の前に突き出した。

ＡＩＯ株式会社の採用通知書だった。

「見ての通りだよ」

「どういうこと？　ＡＩＯって、民間刑務所を経営してる会社でしょう。なんで、今勤めている商社を辞めてまで、こんな会社に行くのよ」

「前々から考えていたことなんだ。僕も来年には三十になる。今しか、動く時はないと思ってね」

「なんで、私に黙ってたの！」

恵は、ガラステーブルに採用通知書を叩《たた》きつけた。テーブルに載せていたワイングラスが揺れる。

「すまない……」

「すまないじゃないわよ！　私が納得いくように説明して！」

恵は差し向かいのソファーに座って脚を組み、胸下で両腕を組んで、耕平を睨《にら》みつけた。

耕平は採用通知書を取り、折り目に沿って畳んだ。それを脇に置き、顔を上げ、恵をまっすぐ見つめた。

「僕の弟のことは、以前、話したよね」

「聞いたわ。高校の時にケンカして、相手に刺されて死んだんでしょう？」

「そう。僕が二十四歳の時だった。ちょうど、僕があるプロジェクトチームの一員に抜擢《ばってき》されて、寝る間もないほど働いていた時のことだ。ある日突然、警察から電話があって、弟、翔平《しょうへい》の死を報《しら》された」

耕平は遠い日を思い出し、うつむいた。

「僕らの両親は、早くに逝《い》ってしまってね。僕が中学生、弟はまだ、小学校に上がったばかりの頃だった。両親を失った僕らは、親戚のうちをたらい回しにされた。いろんなことがあったよ。でも、僕は弟のためにしっかりしなくちゃと思って、堪えられた。けど、弟にはそれが苦痛だった。無理もない。一番わがままを言いたい時に、理不尽なガマンをさせられてたんだから」

「聞いてくれ。ここから話さないと、ちゃんと伝えられないから」

「その話は、何度も――」

耕平は再び顔を上げ、恵を見た。

「僕は、そんな弟の親代わりでいたつもりだった。弟も、そんな僕を見て、小さいのにいろんなことをガマンしてくれた。僕は、奨学金で高校へ進学した。名のある進学校だ。けど、高校を出たら、弟のために勤めに出るつもりだった。そして、弟と二人で暮らすつもりだった。でも、高校三年の時に親戚……今勤めている商社の常務が、費用を出すから進学しないかと話を持ちかけてきた。僕は迷ったけど、叔父の申し出を受けることにした」

「それから、弟さんが変わったんでしょ？」

恵の言葉に、耕平はうなずいた。

「僕が進学すると言った時の弟の目。今でも、思い出すんだ。ロウソクの火がフッと消えてしまうように、輝きを失ったあの目を。それでも弟は、僕に進学しろと笑ってくれた。淋《さび》しそうな……なんともいえない顔で。僕も、自分のためにそうしたかった」

「それのどこが悪いの？　耕平さんは、耕平さん自身の人生を選んだだけじゃない」

「そうかもしれない」

耕平は、膝《ひざ》に載せた拳《こぶし》を握りしめた。

「けど、あの時点で進学することはなかったんだ。弟と約束した通り、高校を出て働いて、二人で暮らすようになって、それから金を貯めて進学しても遅くはなかった。せめて、弟が中学を卒業するまでは、そうすべきだったんだ」

「今さら言っても、仕方ないことじゃない」

「わかってる。しかし、どうしても僕の中からあの日の弟のことが消えない。僕は弟の期待を希望を裏切ってしまった。自分のことしか考えずに。弟も、どこかでわかってくれながらも、裏切られたって気持ちが大きかったんだろう。荒れていく姿を見るほどに僕はつらくなった。けど、それを見て見ぬフリして、僕は僕の道を進んだ。がんばっていれば、弟もきっとわかってくれると思っていた。でも……弟は、逝ってしまった。仕事にも慣れて、二人で暮らそうと準備していた矢先に死んでしまった」

「それは、耕平さんのせいじゃない」

「いや……僕のせいでもある。僕は、大学へ進んだ僕に時々恨めしそうな視線を送ってくる弟を、どこかでうとましく思っていたんだ。大学へ通っている頃でも、二人で暮らそうと思えばできた。学費は叔父が出してくれている。バイトで生活費を稼げば、貧しくても二人の暮らしはできた。だけど……僕も自由になりたかった。親戚や弟の顔色を窺いながら、いつも誰かに気を遣っている生活から解放されてみたかったんだよ」

耕平は膝を握ってうつむき、下唇を嚙んだ。目をつむり、肩を震わせる。

少し間を置いて大きく息を吸い込み、顔を上げた。

「弟はそういう僕の変化に気づいていた。どうにもやり場のない気持ちをぶつけるために荒れていたんだ。そして、そのせいで、弟は……」

「考え過ぎよ。私、何度も言ってるでしょ。弟さんの人生は弟さんが決めたものだって。ケンカで殺されることになったのだって、運が悪かっただけで――」

「そうは思えないんだ、どうしても」

耕平は、サイドボードに飾ってあったポートレートに目を向けた。

そこには、小学校の運動会の徒競走で一番になり、誇らしげに胸を張っている弟と高校生だった耕平の姿が映し出されていた。

恵もポートレートを見やる。

「……だから弟さんへの償《つぐな》いをするために、刑務所で働こうと言うの？」

「弟のような境遇で育って、道を踏み外してしまった人たちは多いと思うんだ。そういう人たちの力になれればと思って」

「それで、弟さんの呪縛《じゅばく》が解けると言うの？　耕平さん。どんなに境遇が似てたって、その人たちは弟さんじゃない。いくら、そういう人たちの手助けをしたからって、弟さんへの償いはできないのよ」

「わかってる……」

「わかってない！」

恵はテーブルに両手をつき、身を乗り出した。

「あなたはただ、弟さんの代わりを探しているだけ。聞こえのいい言葉でごまかして、現実から逃げようとしているだけよ」

「そうじゃない！」

「私との結婚はどうするつもり！」

恵はテーブルを叩《たた》いて涙を溜めた瞳で、耕平を睨みつけた。

「もう、式場も決まってる。招待状も発送するだけ。その現実はどうするの！」

詰め寄る。

耕平は顔を伏せた。

「すまない……。でも、今の気持ちのままでは君と結婚はできない」

「何よ、それ……」

「………」

「なんなのよ、それは！」

恵は怒鳴った。が、耕平は押し黙り、うつむいたままだった。

「私の父がどんな職業かわかって言ってるの？　検事よ。あなたを婚約不履行《ふりこう》で訴えることもできる。わかってる？」

「……君がそうしたいなら、それも仕方ないと思っている。僕にできる償いは何でもするつもり――」

「償いって、何よ！　ふざけないで！」

恵は突然、ソファーから立ち上がった。サイドボードに駆け寄り、ポートレートをつかみ取る。それを思いっきり、足下に叩きつけた。

ガラスと枠が砕け、写真が飛び出る。

「何するんだ！」

耕平が恵の下に駆け寄る。

恵は割れたガラス片とともに、写真を拾い上げた。破る。

「やめろ！」

耕平は恵の手から写真を奪い取ろうとした。それでも恵は、肩を揺らして耕平の腕を振り払い、さらに写真を破ろうとする。

耕平は恵の手首をつかんで振り向かせ、右頰に平手打ちを食らわせた。

恵が動きを止めた。涙に濡れた目で、驚いたように耕平を見つめる。

耕平は胸奥がしくりと疼《うず》いた。輝きを失った淋しそうな瞳……あの日の弟の目を見るようだった。

「私の手……血が出てるのよ。それよりも、弟さんの写真を心配するの？　私のことはどうでもいいの？」

「そうじゃない。すまない……」

「わかった……もう、わかった……」

恵は下唇を嚙んで、耕平に責めるような目を向けた。手を振り払い、そのまま部屋を飛び出す。

耕平は恵に背中を向けたまま、ちぎられた写真の欠けらを見つめ、立ちつくした。

式場は翌日、キャンセルされていた。耕平は、叔父に話して商社を退職し、ＡＩＯに移った。

九月一日に入社した耕平は、一ヶ月の研修を経て第一更生所への配属が決まり、その準備に追われることとなった。

発《た》つまでにもう一度、恵と話したいと思い、何度も佐嶋の家を訪ねたが、取り次いでもらえなかった。

そして、二度と恵と話すことのないまま、採用通知を受け取って一ヶ月後、沖縄の離島に降り立っていた――。


「若林さん！」

照屋に呼びかけられ、耕平はフッと現実に引き戻された。

「あ、はい」

「なんか、悪いこと聞いてしまったみたいですね」

「いえ……僕も照屋さんと一緒ですよ。少しでも、道を外した人たちの更生の手助けができればと思いまして」

「そう思ってくれる人が一人でもいれば、僕らみたいな人間は立ち直れるものなんですよ。うれしいです。若林さんのような方に来ていただいて」

「僕こそ、照屋さんの話を聞いて、少しはやっていけそうな気がしてきました」

「若林さんなら大丈夫ですよ。ほら、目の前を見てください」

照屋が言う。

車がなだらかな坂を上りきろうとしていた。と、前方に大きな円塔が頭を出した。近づくにつれ徐々に大きくなる。

坂を上りきると、円塔を中心に島の端から端までを囲むような金網の柵が現われた。その向こうに、南海の離島には似つかわしくない近代的なビル群が建ち並んでいる。

「あれが、ＡＩＯ第一更生所。通称〝Ａ－10〟と呼ばれているＡＩＯが最初に造った民間刑務所です」

耕平は、突如島の頂上に現われた建物を見て、表情を引き締め、唾を飲み込んだ。

3

新宿新都心にあるＡＩＯ本社ビル最上階の会議室では、役員たちの月例報告会議が行なわれていた。

広々とした空間に、巨木を輪切りにしたような円卓が置かれ、それぞれの席の前にマイクが据えられている。

部屋の一番奥に当たる席には、ＡＩＯ株式会社の創立者、相生正信《あいおまさのぶ》が座っている。その左手には副社長の鹿島《かしま》が、右にはもう一人の副社長、中江田《なかえだ》がいた。

「新しいＰＦＩ事業計画が承認されまして、新たに宮城、岩手、大分に、ＡＩＯ更生所を建設することになりました。当社出資比率、自治体の事業資金出資割合、その他、各企業の出資割合は、今まで同様、六対二対二の割合になります。各自治体との委託契約期間も五ヶ年で、以後同期間ごとの更新継続という形を取ります」

企画部門担当者が、資料を見ながら言った。

「資金の調達はできるのかね？」

中江田が皺《しわ》立った口元を歪《ゆが》め、訊いた。資金部門担当者が手を上げる。

「以前から付き合いのある大手商社三社、民間金融会社二社、外資系企業三社から、融資の確約を取り付けました。その他、国、各県の自治体の出資分の他に、他県の自治体からも出資したいという申し出があります。これで三ヶ所の更生所建設費用はまかなえます」

「人員、および収益見込みは？」

中江田が訊く。

今度は経営部門担当者が手を上げた。

「各更生所が完成すれば、収容人員が約千八百名増えます。収益については、地元名産物の売上にもよりますが、他の従来からある機械関連部品、コンピューター関連のハード・ソフト製作、サービス業関連の収益率は、変わりないと試算されますので、年間、一更生所あたり、十億近い収益は見込めます。現在、十ヶ所ある更生所の中には、十億以上の収益を上げているところもありますし、自治体への還元率も、公共性の高い事業ということで、引き続き抑えてもらってますので、三ヶ所新たに建設しても、更生所自体の経営に、支障をきたすことはありません」

「しかし、三更生所の労働人員と更生官人員は満たせるのかね？」

「統計資料でも、犯罪率は増加しています。逮捕者も増えている現状で、既存の国営刑務所の収監率は、百五十パーセントを超える勢いです。その人員を、我が更生所で受け入れれば、充分、労働人員は満たせます。また安定した職業を求める者が多い現状から、更生官の人員に不足することもありません」

「だが、実際に第七更生所で労働人員が不足した。今は、新たな建設は控えるべきではないのかね？」

中江田が、黒縁メガネの端を押し上げながら、経営部門担当者を見据える。

「それは、第五更生所の余剰人員を回すことで解決できました。結果、稼働率が上がり、第七更生所の収益率は、前月比で一パーセント増加しました。他の更生所は、前月比二～五パーセントの伸びを維持しています」

「収監される犯罪者が足りなくても、各更生所の余剰人員を回せば、成り立つというのかね？」

「はい。それに、収監率は本来、一更生所で九十パーセントが理想的です。多少、収監人員を抑えめにしたほうが、トラブルが起きにくいと思います」

「しかし、第三更生所の一部更生者たちは争議を起こしたじゃないか。甘い管理と更生官の質の低下が引き起こしたのではないかとも言われているが。どうかね？」

中江田が、再び黒縁メガネを押し上げ、訊く。管理部門の担当者が、手を上げて話し始めた。

「更生者代表を選出し、話し合いの場を設けました。彼らは、各作業所によって収益が違うこと、その収益差で、科料の減額時期が大幅に違ってくることが不満のようでした」

「賃上げしたのかね」

鹿島が、口ひげを触りながら訊いてくる。

「いえ。一般企業の組織人事にも用いられるＦＦＳ理論試験を導入して、更生所全体でテストを行ない、その結果に従ってもう一度、更生者全体の就労振り分けをやり直しました」

「不満は、出なかったのかね？」

「心理学に基づいた結果ですから、大半の更生者は納得しました。結果、争議に加わっていた更生者からも離反者が出て、自然消滅する形となりました」

「その理論は、他の更生所でも用いているのかね？」

相生が口を開いた。と、経営部門の担当者が手を上げた。

「簡略化したテストは、収監前に行なっておりまして、その結果によって割り振りするシステムはすでに構築されております」

「全更生所に導入できんかね？」

「専門部署を社内に設けるならともかく、今の外部委託態勢では、診断までの時間もかかりますし、コストもかかりすぎます。将来、導入を検討するにしても、現時点では、簡略化したテストで充分だと判断しています」

「しかし、その簡易判断の結果、争議を起こすような人間をまとめて収容させることになり、今回のようなことが起こったのではないのかね」

た。

　鹿島が腕を組んで、経営部門担当者を睨み据える。すると、管理部門担当者が手を上げた。

「今回の第三更生所での争議は、事を有利に運ばせたい更生者が結託して、故意に起こした騒動だと思われます」

　さらに言葉を続ける。

「争議の首謀者と他二名は、二週間の反省房収監。向こう半年間の賃金三十パーセント減額のペナルティーを課しました。これで満期出所は、半年延びる結果になりますから、本人たちもかなり、応《こた》えているようです」

「更生官の質については？」

　中江田が、しつこく問いただす。

「同じくＦＦＳに基づく個性診断を行ない、適材適所に振り分け、一ヶ月の研修を行なった上で、配属しています。資質に問題のある人物は、その診断段階、あるいは研修段階で採用を見合わせますから、質の低下はないと思いますが」

「しかし、中には高校もろくに出ていない者がいると聞く。本当に大丈夫なのかね？」

「個性診断と学歴は、関係ありません。一流大学を出ても、不適格者はいます。その方針に間違いはないと思いますが」

「彼の言う通りだ」

組んだ両手に顔を伏せていた相生が、顔を上げる。

「私が、ＡＩＯを起《た》ち上げたのは、道を外した者たちにしかるべき環境を与え、真の更生を促《うなが》すためだ。その更生を手助けする更生官に大切な要素はいろいろあるが、一番大事なのは、学歴でも知識でもない。個々人の人間性だ」

話しながら、中江田を静かに見据える。中江田は、渋い顔でそっぽを向いた。

「経営基盤の安定も大事だが、その本筋を外した議論はしないように。以上。細かいことは、各部署の報告をまとめて、私のところへ持ってくるように」

相生が立ち上がる。各担当者たちも追随した。中江田と鹿島も立ち上がり、一斉に頭を下げる。

相生は、そのまま大会議室を出ていった。

相生の姿が見えなくなると、会議室にホッと息が洩《も》れた。担当者たちが、ぞろぞろと会議室を出ていく。

鹿島も出ていこうとする。それを、中江田が呼び止めた。

「鹿島君。少し、話があるんだがね。私の部屋へ来てもらえんか」

「お話というのは？」

「ここでは、何だ。私の部屋で」

「ここで話せないようなお話を伺うつもりはありません。失礼します」

鹿島は大きな図体を傾け、中江田をひと睨みして出ていった。

「ちっ……警察庁からの抜擢か何かしらんが、図に乗りおって」

中江田は、メガネを押し上げて、鹿島の背中を見据えながら、舌打ちした。

4

受付で手続きを済ませ、職員宿舎の自室で休んでいた耕平は、ベッドに横たえていた体をゆっくりと起こした。

サイドボードに置いてある時計を見る。午後四時前。四時から、総合管理センター五階でレクチャーが始まることになっている。

耕平は、時計の横に置いたポートレートを手に取った。中には、恵に破られた翔平《しょうへい》との写真が入っている。

「翔平。兄ちゃん、がんばるからな」

耕平は、つぎはぎだらけの写真を見て微笑《ほほえ》み、ベッドから下りた。

部屋のクローゼットに用意されていた制服を出し、着替え始める。

照屋が着ていたものと同じ、スカイブルーのワイシャツに少し色の濃いブルーのズボン、

「そろそろだな……」

深紅のベレー帽だ。

　黒くて厚い革ベルトには、一応警棒のホルダーがついているが、他に武器らしい武器を携帯するような場所はなかった。

　耕平は、制服を着た自分を姿見に映してみた。

「いよいよ、始まるんだな」

　制服姿の自分を見つめ、口元を引き締める。

　耕平はテーブルに置かれた資料や筆記用具が入ったファイルを取り、受付で渡されたネームプレートを胸ポケットにひっかけ、IDカードをポケットの中にしまい、部屋を出た。

　部屋のドアは、自動ロックになっていた。

　ノブを少し動かしてドアが閉まったのを確認して、エレベーターホールへと歩いていく。

　宿舎三階のホールでエレベーターを待っていると、同じ制服を着た職員が歩み寄ってきて、耕平の横で立ち止まった。

　背の高い男だった。髪を短く刈り込み、胸を迫《せ》り出すように張っている。角張った顔は精悍《せいかん》だが、眉間《みけん》に皺を寄せている様は、怒っているようにも見えた。

　耕平は素知らぬ顔でやり過ごそうとしたが、思い直し、声をかけた。

「あの、更生官の方ですか？」

　訊くと、男はギロッと耕平を見下ろした。

耕平はうつむいて渋い顔をしたが、改めて笑顔を作り、相手の顔を見上げた。

「僕は、今日からこの第一更生所に配属されました、若林です。よろしくお願いします」

耕平が頭を下げる。それでも相手は何も言わない。

到着したエレベーターの扉が開く。男は先に乗り込んだ。耕平も、重い雰囲気を抱えたまま、箱の中に入った。

扉が閉まると、ますます息苦しい沈黙が、箱の中に漂った。耕平は、男に背を向けたまま、エレベーターの数字を見つめていた。

すぐ、エレベーターが一階に到着する。耕平が降りようとすると、男は耕平を突き飛ばした。

よろけた耕平の手から、ファイルがこぼれ、中身が散らばる。

が、男は謝るでもなく、耕平を無視して、建物から出ていった。

「何なんだよ、あいつは……」

耕平がブツブツ言いながら、散らばった中身を集めていると、鼻先にふんわりとした甘い匂いが漂ってきた。

匂いのした方を見る。と、スカイブルーのワイシャツを着て、濃いブルーのタイトスカートを身につけた髪の長い女性がいた。

女性は屈《かが》んで、耕平のファイルから散らばったものを集めてくれていた。

「すみません」

「いいんですよ」

女性は、大きな瞳を細めて、ニッコリと微笑んだ。

「新人の方ですか？」

「はい。本日付けで第一更生所に配属されました若林耕平です」

「そんなに堅くならないでください。私も、本日付けでここに配属された福原仁美《ひとみ》です。よろしく」

仁美は、細くて白い手を伸ばしてきた。耕平も手を伸ばし、軽く握手をした。

「じゃあ、ご同期さんというわけですね」

「そうです。でも、ご同期さんって……。堅苦しい言い回しはやめましょう。普通でいきましょ」

ますます瞳を細めて笑う。耕平も頬を赤らめ、照れ笑いをした。

「じゃあ、そうさせてもらうよ。レクチャールームに行くんだよね」

「ええ」

「じゃあ、一緒に」

耕平は仁美から資料を受け取って、ファイルに収め、立ち上がった。仁美も立ち上がって、スカートの裾《すそ》を直す。

二人並んで、宿舎前の中庭に出ていく。五階建ての職員宿舎は、正面ゲートを入ってすぐのところにある総合管理センターの裏手にあった。

そのセンタービルと宿舎は、中庭でつながっている。芝を敷き詰めた中庭の脇には、ハイビスカスやデイゴ、リュウキュウマツなどが植えられていて、南国情緒を漂わせている。

耕平は、センタービルの裏玄関で立ち止まり、ポケットからＩＤカードを出した。仁美もＩＤカードを出す。

「福原さんは、出さなくていいよ。僕のカードでロックを解除するから」

「あれ？　受付で聞かされなかった？」

「何を」

「各施設の出入口には、人工アイのセンサーがついていて、複数で立っている時には、人数分のカードを通さなければ、ゲートが開かないって」

「そんなはずないよ。じゃあ、訪問者が来た時とか、更生者たちを表に出す時なんかは、どうするんだい」

耕平は笑いながらカードを通した。が、ロックを示す赤いランプは緑にならない。

耕平に続いて仁美がカードを通すと、ランプが赤から緑に変わり、取っ手のないガラスドアが横に滑り開いた。

「ほらね」

仁美が、指で挟んだカードを振りながら、先に総合管理センターへ入っていく。

「そんなこと、聞いてなかったと思うけど。それにしても、ずいぶん面倒なことするんだなあ……」

耕平は目を丸くして、ゲートをジロジロと見やりながら、ビルへ入った。

受付の脇を抜け、ビルのエントランスに出る。首が痛くなるほど高い天井に囲まれただだっ広いフロアには、職員だけでなく、地元の住民や更生者たちの姿も見えた。

受付の前を横切り、エレベーターホールに向かう。そこには、ずんぐりとした男が立っていた。職員の制服を着て、耕平と同じファイルを持っている。

男は、耕平たちを見るとすぐ、頭を下げた。

「は、初めまして。俺……いや、私は、本日付けでＡＩＯ第一更生所に配属されました、釘《くぎ》……釘……」

緊張しているのか、言葉がつっかえて、なかなか前に出てこない。

耕平と仁美は、目を合わせて微笑んだ。そして、仁美が優しく声をかける。

「私たちも、今日からの新人なのよ」

そう聞いて、男は顔を上げた。

「そうだったんですか……」

男は大きく息を吐いて、額ににじんだ汗を、手の甲で拭った。

「私は、福原仁美。彼は、若林耕平さん」

「若林です。よろしく」

耕平が右手を伸ばす。男は、引きつる頰に無理やり笑みを浮かべ、ズボンの端で手のひらの汗を拭って、毛深くてゴツゴツした手を伸ばしてきた。

「釘宮繁則《くぎみやしげのり》です」

仁美が手を伸ばす。釘宮は、再びズボンの端で手のひらを拭って、仁美と握手をした。

エレベーターに乗り込む。仁美が五階ボタンを押して、ドアを閉める。

「いや……お二人とも、落ち着いてますね」

釘宮は、仁美と耕平を見やりながら言った。

「そんなことないよ。僕も緊張してる」

「私もよ。刑務所で働くなんて、初めてだから」

「そうですか。そうは見えないなあ……。俺は、どうしてもダメなんですよ。いえね。刑務所だからとかそういうのじゃないんですけど、初めてのところって、どうしても緊張してしまって……」

釘宮は、あたふたしながら話している。

それを見るとつい、耕平の口辺に笑みがこぼれる。

「あ、俺……おかしいですか？」

「いやいや。けど、おかげで僕の緊張は取れたよ」

「私もです。みんな、初めてのことなんだから、助け合ってがんばっていきましょう。それに同期なんだから、敬語はなし。フランクにいきましょ」

仁美が、釘宮の肩に手を添える。

「はあ……でも、なんかそういうのに慣れてないもんで……すみません」

「いいよ、いいよ。自分のしゃべりやすい言葉とテンポで」

耕平が言うと、釘宮の口辺に少し自然な笑みがこぼれた。

エレベーターが五階フロアについた。ドアが開く。ホールからまっすぐ、廊下が延びている。無機質な廊下の壁に、各部屋の札が並んでいた。

三人は、靴音を響かせながら、廊下を奥へと進んだ。一番奥の札に〝レクチャールーム〟と書かれている。

三人は、順々にＩＤカードをリーダーに通した。スモークの貼られた分厚いガラスドアがスッと横に開く。

Ｕ字形のテーブルが、部屋の中央に置かれていた。Ｕ字の突端には、白い制服を着た初老の男性が座っている。その脇左右には、肩章の入ったワイシャツを着た職員が座っていた。

その手前に、耕平を突き飛ばした背の高い男もいる。

「若林、福原、釘宮の三名だな」

向かって右脇にいたブルドッグのような顔の男が、聞いてくる。三人は、声を揃えて返事をした。

「レクチャーを始める。井手《いで》の並びに座れ」

ブルドッグのような男は、背の高い男の横の席を棒で差した。

「あいつ、井手というのか……」

耕平は井手の隣の席に座った。テーブルの上を見る。と、耕平のファイルに入っていた資料が、井手の前に並べられていた。

「僕と同じ新人だったとはな」

耕平は井手を見やった。が、井手は耕平たちの方を見ることなく、資料に目を通している。耕平が井手を睨みつけていると、ブルドッグのような男が声を張った。

「私は、当更生所の総管理官、杉本だ。君たちの研修全般を受け持つ。右奥の者は主任更生官、真壁浩《まかべひろし》。実務については、彼が説明を行なう。研修後、私と真壁主任更生官が話し合って、君たちの配属を決めることになる。研修を始める前に、当更生所所長、駒枝尚《こまえだなお》寿《ひさ》より、挨拶《あいさつ》がある。所長」

杉本は、隣の白い制服を着た白髪の男性に会釈をして、腰を下ろした。

ゆっくりと男性が立ち上がる。男性は刑務所の所長とは思えないほど穏やかな笑みを浮かべ、耕平たちを見やった。

「私が当更生所の所長、駒枝です。ここは、刑務所ですが、君たちが想像しているような場所ではありません。罪を犯した人たちの社会復帰を手伝うという観点で、プログラムを組んであります。君たちには、更生者は囚人ではなく、一人の人間なんだという意識を持って、接してもらいたい」

駒枝が言う。耕平は、うなずいた。が、井手は憮然《ぶぜん》とした表情を浮かべたまま、駒枝を見据えていた。

「ＡＩＯの民間刑務所は、現在十ヶ所に建設されていますが、その第一号が当ＡＩＯ第一更生所です。なぜ、こんな南の果てに第一号が作られたか、本社研修時に聞いてると思うが。釘宮君」

「え、あ、その……」

釘宮は、いきなり名前を呼ばれ、あたふたした。それを見て杉本が険しい表情を見せるが、駒枝は微笑み、言葉を続けた。

「よろしい。今一度、話しておきましょう。更生者をいろんな誘惑から遠ざけ、南国のゆったりした光と空気の下で気持ちを落ち着かせ、真の更生に取り組んでもらうためです。ここは、更生者の心の再生に主眼を置き、作られた刑務所なのです。だから、あえて刑務所や囚人といった言葉を使わないようにしました。そして、その試みは効果を上げ、ここで作られたプログラムを基礎として、他の更生所も建設されるようになりました。ここはＡＩＯの原点でもあるのです。君たちもその意味を充分認識した上で、更生者の更生を手助けして欲しいと思います」

駒枝の言葉に、耕平はうなずいた。

「私から一つだけ、君たちに聞いておきたい。なぜ、更生官という仕事を選んだのか。簡潔に答えてもらえるだろうか」

駒枝は腰を下ろしながら、手元の資料に目を落とした。

「釘宮君」

「あ、は、はい！」

釘宮は、イスを倒す勢いで立ち上がった。その様子を見て、駒枝が優しげに目を細める。

「座ったままでよろしい」

「はい。し、失礼します」

釘宮は、硬直したまま座り、膝に置いた両手をグッと握りしめた。

「俺……私はその……実は、前の会社、クビになりまして。それで、就職先を探してたんですが、なかなか見つかりませんで。それで、ようやく雇《やと》ってくれたのが、ＡＩＯさんでして……すいません」

釘宮がうつむいて、小さくなる。

「いいんですよ。逆に君のように働けないつらさを知っているほうが、より更生者たちの気持ちがわかるかもしれませんからね。次は……福原君」

「はい」

仁美がスッと背筋を伸ばす。

「私は、大学、大学院と心理学を専攻していました。けれど、学問を机上の学問で終わらせたくなくて。私の知識が少しでも、罪を犯してしまった人たちの役に立てばと思っています」

歯切れのいい口調で、仁美が答える。

「良い志ですね。更生者たちの力になって上げてください」

「はい」

仁美の返事に、駒枝がうなずく。

「次は、若林君」

名前を告げ、耕平を見る。

「君は確か……弟さんを傷害事案で亡くされているね」

「はい。動機はそれですが、弟を死に至らしめた犯罪者が憎いというわけではありません。弟も道を外れていましたから。私は……そんな弟の力になれなかったことを後悔しています。けれどもう、弟はいません。ですから、せめてもの罪滅ぼしに、弟のような境遇の人たちの力になれたらと思いまして」

「少しの優しさ、言葉で、救える心もあります。君はそのことを知っている。その気持ちを忘れないように」

駒枝は言って、井手の方を向いた。

「最後は、井手君ですね。あなたも、傷害事案でお母さんを亡くしてますね」

「傷害じゃありません。強盗殺人です。店に一人でいた母は、近所に住む高校生たちに金を奪われたあげく、殴り殺されました」

「君も、若林君と同じような動機ですか？」

「所長。正直に申し上げていいんですね」

「正直な気持ちを聞きたいんです」

「では、遠慮なく。私は、若林のようなつまらないヒューマニズムは持ち合わせていません」

「つまらない？」

耕平は気色《けしき》ばんで井手を睨んだ。が、井手はその視線を無視して、言葉を続けた。

「犯罪者は、一般社会でルールを守って生きている者にとって、迷惑以外の何ものでもない存在です。私は、そういう連中が、社会に出ても迷惑をかけないようにするため、指導したくて、ここへやってきました」

「気持ちはどうであれ、更生者の更生を助けたいということには、変わりないんですね」

「違います。更生を助けるのではなく、更生させるんです。でないと、また連中は、同じ過《あやま》ちを繰り返す。そうなれば、私の母のような目に遭う一般人が増えるだけです。違いますか」

「そういう見方もあるが、そういう気持ちでは、更生者たちは付いてこないかもしれないですよ」

「関係ありません。付いてくるもこないも、そもそも彼らに選択する権利などないのですから」

井手は強い口調で言い切った。

駒枝は、少し目を閉じて息をつき、ゆっくり顔を上げた。

「まあ、いいでしょう。それも君の気持ちでしょうから。ただ、ここにいる更生者は君のお母さんの命を奪った者ではない。そこのところをはき違えないように」

「わかってます」

「では、あとは杉本君と真壁君の指示に従って、研修を始めてください」

駒枝は言うと、席を立った。杉本と真壁が立ち上がる。耕平たちも、立ち上がった。

出ていく所長に一礼をして、見送る。顔を上げると、杉本が口を開いた。

「では、今日は施設の概要を説明する。各自に渡したファイルから、施設の見取り図を出して、正面のスクリーンを見るように」

杉本が、テーブルの端にかかったスクリーンを差す。

耕平は、スクリーンに目を向けながらも、背後の井手の気配が気になってたまらなかった。

5

初日のレクチャーを終えた耕平たち四人は、食事のため、タウンエリアにあるレストランを訪れていた。

タウンエリアは、管理センタービルの西側にある。ここには、レストランやショッピングモール、プールや病院もある。

ちょっとしたリゾートホテルのレクリエーションエリアのような作りになっている。

ここには、島民も自由に出入りできる。特に、最新設備を整えた病院は、島民にとって欠かせない施設となっていた。

また、シミュレーションエリアと呼ばれる職員宿舎の裏にあるアパートに住む釈放前の更生者たちも、施設を利用できるようになっている。

そのため、施設内には島民や職員だけでなく、更生者たちの姿もあった。更生者たちは、タバコを吸い、酒も飲んでいる。白いつなぎを着せられている以外は、一般人と変わらない扱いを受けていた。

「ホントに自由なんですね、ここは……」

釘宮が目を丸くしていた。

「でも、お酒を飲んでトラブルを起こせば、プリズンエリアに戻されて、刑期も延びるんでしょ？」

「当然だ。第一、囚人をここまで甘やかすこと自体、間違ってるんだ」

井手は眉間に皺を寄せ、食事中の更生者たちを睨みつけていた。

「よせよ、井手。彼らは権利を得て、ここにいるんだ。気分悪くさせることはないだろ」

耕平が言うと、井手は冷たい眼で耕平を見やり、口辺を歪めた。

「また、お得意のヒューマニズムか？」

「そんなんじゃない」

「じゃあ、何だ。権利だと？　ふざけるな。あいつらみたいな連中に権利を奪われたヤツは大勢いるんだぞ。そんな連中に好き勝手させていいのかよ。おまえみたいなヤツがいるから、連中がツケ上がるんだ」

「なんだと！」

耕平は、身を乗り出して、井手の胸ぐらをつかんだ。周りが一瞬、静かになり、視線が四人に集中する。

「や、やめてください、若林さん！」

釘宮があわてて、耕平の腰に腕を巻いて、引き離そうとした。

井手は、耕平の手首をつかんで絞り上げた。耕平の指が、井手の胸元から離れる。井手は、耕平の手首をつかんだまま、顎《あご》を突き上げ、さらに冷たい視線で、耕平を見据えた。

「じゃあ聞くが、おまえはただ真面目に生きているだけの身内が、金が欲しいだけのガキに殺されても、平気でいられるのか。仕方ないですませるのか。弟を殺したガキを無条件に許せるって言うのか」

井手は、ゆっくりと立ち上がった。

「俺がおまえなら、弟を殺したガキを見つけて、敵《かたき》を取ってやったよ。この差は何かわかるか？」

井手は、握った手首を引き寄せ、鼻先を突きだしてきた。

「俺にとって、母親はかけがえのない存在だった。けど、おまえにとって弟は、おまえ以上の存在じゃなかった。おまえはな、結局、自分が大事なんだよ」

「わかったようなことを言うな！」

耕平が再び、胸ぐらをつかもうとした。そこに、仁美が割って入った。

「二人ともやめなさい！」

一喝して、井手の方を向く。

「井手さん。あなたの気持ちもわかるけど、それを押しつけるのはどうかと思うわ」

仁美が、井手を見上げる。井手は、耕平の手首を離して、仁美を静かに見下ろした。

「押しつけているわけじゃない。真実を言ったまでだ。あんたも心理学を専攻してるならわかるだろ。人間は、本心を指摘されたときほど、怒る。それは、わかっていても認めたくないからだ」

「それは、心理の一部です」

「まあ、何とでも言葉を付け足せよ。俺の気持ちは変わらない。おまえらとヒューマニズムごっこをするつもりもないしな」

井手は、仁美と釘宮、そして耕平をひと睨みし、出口に向かって歩き出した。

「井手さん、食事は……」

釘宮が聞く。

「おまえらと食うと、まずくなる」

井手は背中を向けたままそう言い、レストランから出ていった。

「なんてヤツだ……」

耕平は、井手を睨みつけた。そして、一息ついて、胴に腕が回っていることに気づいた。

肩越しに後ろを見ると、釘宮が井手を見送りながら、まだしがみついていた。

「釘宮君。もういいよ」

「……あっ、すいません！」

釘宮は、あわてて腕を放して自分の席に腰かけ、おしぼりで額からあふれる汗を拭った。

そのあたふたぶりを見て、耕平は思わず微笑み、席に着いた。

「二人とも、すまなかった」

「いいんですよ。あんな言われ方したら、誰だって、神経を逆なでされますよ」

釘宮が言う。

そこに、ウエイトレスが頼んでいた食事とビールを運んできた。

「とりあえず、乾杯しましょう」

仁美が、ジョッキを持ち上げた。釘宮と耕平も、ジョッキを持ち上げる。

「初日から、いろいろありましたけど、みんな同期ですから、何かと助け合っていきましょう。これからもよろしくお願いします」

「俺こそ……」

「僕も初めから迷惑かけたけど、よろしく」

ジョッキを合わせ、ビールを喉《のど》に流し込む。冷えたビールが熱くなった体温を押し下げていくようだった。

仁美は出された食事を取り分けながら、耕平の方を見た。

「若林さん。話をぶり返すわけじゃないんだけど、訊いてもいい？」

「何でも訊いてくれ」

耕平は、皿に盛られた料理を口に放り込んで、仁美を見やった。

「井手さんの言ってることは、極論のようなものだけど、ある意味、間違ってもいないと思うの。心情として。若林さんは、本当に弟さんを殺してしまった少年たちを許してるの？」

仁美の質問を聞いて、釘宮が目を丸くし、料理を摘《つま》んだ箸を止めた。

「正直に言うと、僕も弟のことを聞かされた当初は、井手君と同じ気持ちだった」

「敵を取ろうと思ったんですか？」

釘宮が皿を置いて耕平を見つめる。耕平は、釘宮にうなずいた。

「相手は地元でギャング団を結成している少年たちでね。人数は、十名ぐらいかな。そのうちの一人と以前、弟がケンカになってたらしくて。その時は弟が勝ったようなんだけど、結局、腹のムシが治まらない彼らが報復行動に出て」

「それで、殺されたんですか？」

釘宮が訊く。

「ギャング団のメンバーに囲まれて、鉄パイプやバットで暴行を受けたらしい。そのうちの何人かは、弟の返り討ちに遭って、病院へ運ばれ、その場で捕まったんだけど、他のメンバーは、逃げ回ってた。それを聞いてすぐ、僕は警察より先に、そいつらを見つけようと探し始めたんだ。そして、一人のメンバーを捕まえた」

耕平は、その時のことを思いだして、左手を固く握りしめた。

「僕は、翔平の兄だと名乗って、その場で殴り殺してやろうと、腕を振り上げたんだ。けど、目の前の少年は、ギャングという言葉からはほど遠い、弱々しくてあどけない少年でね。僕を見ながら、今にも泣きだしそうな顔をしてブルブルと震えてた。そして、言ったんだ。殺そうと思ってたわけじゃないって」

「その言葉を信じたの？」

「信じられるわけがない。相手は、凶器を持ってたんだ。バットなんかで殴ればどうなるか、わからない年じゃない。けど、少年の弱々しい姿を見てたら、ふと小さい頃の翔平を思いだしてしまってね」

「小さい頃の弟さんって？」

釘宮の方を見やる。

「子供の頃の翔平はね。ホントに泣き虫で気が弱くて、いつも僕の後ろに隠れて歩くような子だった。弱いけど、ホントに気持ちの優しい子だった。それが知らない間に、街でも一目置かれるようなケンカ屋になってしまった。そんな弟の姿が、ダブッてしまってね。そうなると、どうしてもその少年を殴ることができなくなった」

「で、どうしたの？」

　仁美が訊いてくる。

「僕は、警察へ突き出す前に、その少年を部屋へ連れ込んで、弟の位牌の前で、どうしてこんなことになったのかを一部始終話させた。弟のこと、少年たちのこと、その少年の生い立ちまで。すると、彼らも被害者だった。彼らのほとんどが、誰にも認められず、家にも学校にも居場所がなく、徒党を組むしかなかった少年たちだ。彼らは、それを必死で守ろうとしていただけ。弟は誰ともつるんだりしなかったが、一人か集団かの違いだけで、気持ちは弟とあまり変わりなかった。その話を聞いた時にね、弟が死んだのは、僕のせいじゃないかと思い始めてしまって」

「それは、違うと思うけど」

　仁美が言う。

「誰に話しても、そう言われるよ。けど、どうしても拭えないんだ、そういう気持ちが。その少年はね、僕にすべてを話し終えると、自らの意志で出頭したんだ。反省して帰ってきますと書き置きを残して。それを見てますます、弟の話を少しでもちゃんと聞いてやれば、死ぬこともなかったんじゃないかと思ってね」

「だから、彼らを許したというんですか？」

　釘宮が訊く。

「正直なところ、許したのかどうかは、自分でもわからない。ただ、彼ら……いや、話を聞いた少年だけにでも、もう一度だけ、チャンスを与えてあげたいと思った。そして、それをしっかりモノにしてほしいと思ってる」

「きっと、弟さんの姿を、その少年たちに投影しているんでしょうね」

そう言われ、仁美の方を向いた。

「そうなんだろうね。否定はしない」

耕平は、そう言って微笑んだ。

「悪い、湿っぽくなってしまって。料理が冷めないうちに、食べよう」

耕平はそう言って、取り皿の料理を平らげ、おかわりをした。つられて、釘宮が料理を口にかきこむ。

「若林さん」

呼びかけられ、仁美の方を向く。

「あまり、溜めこまないでね。私でよかったら、いつでも話を聞かせてもらうから」

「ありがとう。煮詰まった時はそうするよ」

耕平の言葉に、仁美は微笑みを返し、うなずいた。

# 6

「ふう……疲れたな」

職員宿舎に戻った耕平は、制服を着たままベッドに倒れ込んだ。

体がベッドのマットに沈み込んでいく。すぐに瞼《まぶた》が重くなってきた。

研修の三日目が終わったところだった。

耕平たち、新人更生官は連日、真壁の案内で所内施設の見学に回っていた。

初日に杉本総管理官から施設概要の説明を受けていたが、実際、自分の足で歩いてみると、その規模の大きさに驚かずにはいられなかった。

丸三日、所内を見回っているのだが、まだ更生所中央にあるワークエリアの見学が終わっただけで、更生者を収容するプリズンエリアの見学は始まっていない。

ワークエリアと呼ばれる就労施設群は、ＡＩＯが〝ウリ〟にするだけあって、見事なものだった。

ＡＩＯの各民間刑務所では、その土地土地にあった産業を中心に、工場群が形成されている。

沖縄の南方に位置する第一刑務所では、沖縄の特産物を加工する工場が多かった。南国フルーツの加工、黒砂糖、ミンサーや琉球ガラスといった伝統工芸品、泡盛の醸造工場まである。

他にも、従来からある木工、鉄工、自動車整備といった工場もあるが、パソコンなどの精密機械の部品を作る工場もある。

しかし、その中でも画期的なのは、コンピューターソフトを作るITエリアと呼ばれる部署があることだった。

このITエリアは、AIOの各更生所内に設けられていて、プログラミング技術を教えるだけでなく、AIO内部のシステムを製作したり、外部から受注したコンピューターシステムのプログラムも作ったりしている。

しかも、ITエリアの端末からは、外部への交信も可能だ。AIO本社の集中管理センターにあるサーバーを介さなければならず、どの端末で誰が、どこへどのような通信を行なったか、すべて記録されるようになっているが、それでも受刑者が自由に外部と通信ができるというのは、他所では例がない。

リスクを冒してでも、収益性の高い事業を積極的に取り込んでいるのが、AIOの就労施設群の特徴だった。

耕平がウトウトしかけていると、ドアがノックされた。

「はい」

耕平は、気だるい体をベッドから起こして、ドア口に歩み寄った。ドアを開ける。視線が下を向く。釘宮が、手に缶ビールの束を持って立っていた。

「ちょっといいですか?」

「ああ、かまわないけど」

「じゃあ、失礼します」

釘宮は、ヘコヘコと頭を下げながら、部屋へ入ってきた。

「適当に座って」

「はい」

釘宮は、ソファーの端に浅く腰かけると、持っていた缶ビールをテーブルに並べた。

耕平は、デスク用のイスを引っ張ってきて、差し向かいに座った。

「宴会でも始める気かい?」

並んだビール缶を見て、目を丸くする。

「そういうわけじゃないんですけど……」

「まあ、いいか。飲もう」

耕平は、缶ビールを一本取り、プルを開けた。釘宮も、缶ビールを手に取る。

「お疲れさん」

耕平と釘宮は、缶を合わせ、ビールを喉に流し込んだ。

「ふう……落ち着くね」

耕平は息をついて、釘宮を見た。

「で、何か話でも？」

「いえ、話というほどのものは……。それにしても、すごいですね、この施設」

「ホントだね」

「でも、あれだけ自由な職場環境で、トラブルがないというのが信じられないですね。特に、ITエリアなんて、普通のソフト会社のオフィスと変わらないじゃないですか」

「やっぱり、ここの刑期のシステムが関係してるんだろうな」

「あの、刑罰を金額に換算し直すっていうシステムですか？」

「どんな形でも、ただ時間をやり過ごせば出られる一般刑務所とは違って、働いて、置き換えられた金額に到達しなければ、一生ここから出られないってことだからね。でも、逆に言うと、それだけ目標が明確だということでもある。仮釈放みたいな不明瞭な制度もないし」

耕平は言った。

ＡＩＯの民間刑務所では、独自の刑期システムを取っていた。

判決で適用された罪状と量刑を、独自の試算で、金額に計算し直す。それに、被害者への賠償金をプラスした金額が、ＡＩＯの民間刑務所に収容された更生者の量刑となる。

簡単に言えば、更生者に借金を負わせ、それを完済すれば、出所できるという、単純明快なシステムだった。

返済は、所内の仕事で得る給料から天引きされる。第三者が立て替えて払うというようなことも一切、認められていない。

つまり、更生者は、与えられた所内の職場で働いて、自力で借金を返さないかぎり、一生、更生所から出られないということになる。

面会も、シミュレーションエリアに入るまで、一切認められていない。科料を減らさないかぎり、身内にも会えないという厳しい現実もまた、更生者たちの発奮材料となっているようだった。

「だから、文句言わずに働いた方がいいということになるんですかね」

釘宮が言う。

「だと思うよ。それに、迎えに来てくれたここの職員の先輩が、元更生者だったらしいんだけど」

「そんな人もいるんですか！」

「みたいだね。その人が言ってたよ。ここで真面目に働いていれば、手に職も付いて、出所後すぐにでも社会生活を送れるようになる。当たり前のことを当たり前にやってるだけなんだって」

「考えてみれば、そうですね」

釘宮は、早くも一本飲み干して、二本目を手にしていた。新しい缶のビールを飲んで、耕平に向き直る。

「でも……そういう更生者ばかりじゃないんでしょうね」

「変わってるとはいえ、刑務所だからね。収容されてる更生者のみんながみんな、おとなしいとは思わないけど。まあ、明日からのプリズンエリアの見学で、そういうところも見られるだろうな。……どうかしたのか？」

釘宮を見ると、視線を伏せて、何度も缶を握り返していた。

「実は……」

釘宮は、ボソッと口ごもると、残っていたビールを飲み干して、また新しい缶を手に取った。

「ちょっと、ピッチが早いんじゃ……」

止める耕平の言葉も耳に入っていないのか、釘宮は新しいビールを半分ほど飲み干すと、耕平を見つめてきた。

「俺、怖いんです」

「何が？」

「プリズンエリアに行くのが」

「どうして？」

耕平が、笑みを浮かべる。が、釘宮の真剣な表情を見て、笑みを引っ込めた。

「よかったら、理由を聞かせてくれないか？」

耕平が言うと、釘宮は、二、三度大きく息をついて、話し始めた。

「実は俺……いじめられてたんです」

「イジメ？　学生の時にかい？」

「学生の時だけじゃなく、社会人になってからもです。ほら、俺……しゃべるときにすぐ赤くなるし、汗かくし、言葉に詰まるし。自分でもイヤになるくらいアガリ症なんです。でも、なかなか直せなくて。そんな俺を見てると、みんなイライラするみたいで。それで……どこにいっても、いじめられて」

「僕とは、普通に話してるじゃないか」

「若林さんは話しやすいと言うか……あんまり、俺のことをバカにしてないような気がして……。それに、これのせいも……」

釘宮は、手に持った缶を上げる。

「それで、こんなにいっぱい、ビールを持ってきたのか」

耕平は、ついつい微笑んだ。

「あ、やっぱ、おかしいですか……」

「いやいや、そういうわけじゃないんだよ。僕は、釘宮君のことをバカにするどころか、君の一生懸命な姿を見てると、なんだか元気が湧いてくるけどな」

「ホントですか！」

「本当だとも。もっと、自分に自信を持てよ」

耕平の言葉に、釘宮が照れくさそうな笑みを浮かべる。が、すぐ笑みも消えて、うつむく。

「けど……そう思ってくれるのは、若林さんぐらいでしょうし……」

「僕だけじゃない。福原さんもそう思ってるよ、きっと」

「俺が怖いのは……更生者たちにそう思われそうにないのが怖いんです。そんなことでナメられて、言うことをきいてくれなくなって、逆に脅されたり、殴られたりするようなこともあるんじゃないかって……」

釘宮は、持っていた缶を握り潰《つぶ》した。

「考えすぎだよ」

「そう思うんですけど、どうしても今までのことが、頭から抜けなくて。前の会社をクビになったのも、上司や同僚の嫌がらせが原因でした。時には、殴られることとかもあったんです。それが怖くて、会社に行けなくなって……。その前の会社の時もそうでした。その前も、その前も……」

釘宮は、潰れた缶を握って、肩を震わせていた。

耕平は、釘宮の隣に座り、肩に手を置いた。釘宮が、顔を上げる。

「気持ちはわかるけど、今までは今まで。これからはこれから。僕は、釘宮君は今のままでいいと思うけど、君がもし今の自分が嫌いで、今のままじゃ不安だと言うなら、少しずつでも変えていけばいいじゃないか。そのために、こんな南の果てまで来たんじゃないのか？」

「それはそうですけど……」

またうつむきそうになる釘宮の肩を強く握る。

「君は一人じゃない。僕にもできることがあるなら、何でも手伝うから。前を見て、がんばっていこう。な」

「若林さん……ありがとう。ありがとうございます」

「そう恐縮しないで。僕も、釘宮君も同じ新入りなんだから」

「でも、やっぱり井手さんみたいな人には、嫌われてしまいますよね」

「ほら、そうやって人の目を気にしない」

「すいません……」

「悪いことしたわけじゃないんだから、そうやってすぐ謝らない」

「すいま……あっ」

釘宮は、肩をすくめて微笑んだ。

「井手みたいなタイプの人間は、しょうがない。彼は、まったく周りの声に耳を貸そうとしないからね。けど、君が君らしくいれば、そのうち認めてくれる時が来る。それが大事なんじゃないかと、僕は思うよ」

「そう……そうですよね。俺は俺でいいんですよね」

「そう。釘宮君は釘宮君でいいんだ。それで、好かれたり嫌われたりするのは、仕方のないことじゃないかな。万人に好かれるなんてことはあり得ない。心配しなくても、少なくとも僕は釘宮君のことが好きだから」

「うれしいです、お世辞でも」

釘宮は、そう言って、照れくさそうな笑みを浮かべた。

「うれしいついでに、もう一つお願いしていいですか？」

「何？」

「君づけしないでもらえませんか。俺のほうが年下だし。なんか、他人行儀で……」

「わかった。とにかく、今日は飲もうか。明日に響かない程度にな」

耕平は、ビール缶を釘宮に手渡した。自分も取って、再び乾杯する。

釘宮の笑顔を見て、耕平はホッとしたように息をつき、微笑んだ。

# 7

研修最終日の四日目は、プリズンエリアの見学だった。

エリア中央に、舎房管理ビルが縦に長く建てられている。舎房管理ビル内には、職員ルームを始め、炊事洗濯をする部屋や、更生者の余暇ルーム、就学を必要とする少年更生者たちの教養ルームなどがある。

各舎房は、管理ビルの左右にあり、センター内の通路からしか出入りできないようになっている。

管理ビルの先には、来る時にも見えた大きな円塔が立っている。そこは監視塔で、舎房や更生所全体を見渡せるようになっている。

監視塔の右側には、更生者用のグラウンドと体育館があった。

「管理ビルの右側が女性房、左側が男性房となっている。基本的に女性房は女性更生官が担当することになるが、夜間、緊急時は、そのかぎりでない」

管理ビルの中央にまっすぐ延びる廊下を歩きながら、真壁が言う。

「舎房のＡＢというのは、何ですか？」

仁美が、資料を見ながら訊いた。

「一般刑務所の収容区分級にも使われている等級のことで、Ａは犯罪傾向の進んでいない者。主に初犯者だ。Ｂは犯罪傾向の進んでいる者。累犯者や凶悪犯罪を犯した者のことだ。ついでに区分記号も説明しておこう。少年がＪＢ、少女がＪＧ、二十歳から五十五歳以下の成年男子がＡＭ、同じ年齢層の成年女子がＡＷ、五十五歳以上の壮年男性がＯＭ、壮年女性はＯＷ、日本国籍を持たない外国人犯罪者はＦ、暴力団やギャング団など、組織に属していた者はＧ、精神に障害のある者はＰとなる」

「ということは、初犯の少年更生者はＪＢ－Ａとなるわけですね」

「そういうことだ」

真壁がうなずく。仁美は、聞いたことを資料の端に書き込んでいった。

耕平は、真壁の説明を聞きながら、ビル内を見渡していた。と、ふと釘宮の様子が目に入った。

釘宮は、背を丸めて小さくなり、うつむいたまま、時折チラチラと周りを見やっていた。

耕平は、釘宮の背中を叩いた。釘宮がビクッとして振り向く。耕平は、釘宮の目を見つめ、励ますように力強くうなずいた。釘宮もうなずき返し、息を吸い込んで顔を上げる。

「大丈夫か？」

「あ、はい。けど、若林さん。なんだか、ものすごく静かじゃないですか？」

「そうだな……」

耕平は、歩きながら周りを見た。

同じつなぎを着た更生者たちは、フロアや各施設にひしめいている。けれど、ピリピリした空気は感じない。

確かに犯罪を犯したはずの更生者たちが、普通の従業員に思えてしまうほどだった。

「なんだか、去勢された犬みたいですね」

釘宮の言葉が、なぜかぴったりに思え、耕平はなんとなく違和感を覚えた。

耕平たちは、炊事場の脇に差しかかった。炊事場の様子が見えてくる。そこでは、男女の更生者が同じフロアで働いていた。

「主任」

先頭を歩いていた井手が、立ち止まって炊事場を見据える。

「何だね、井手君」

真壁も立ち止まり、井手を見る。

「ああいうのもここでは、許されているのですか」

井手は、一点を睨みつけていた。耕平は、井手の視線を追った。

厨房《ちゅうぼう》では作業の合間に、男性更生者と女性更生者が微笑みながら、何やら言葉を交わしていた。

「当更生所では、業務に支障のない程度の私語は認めている。一般的に犯罪を犯す者は、他人とのコミュニケーションが苦手だ。そのために孤独を感じ、犯罪傾向が強まっていく。人と話すという行為も、更生プログラムの一環とみなしている」

　真壁が言う。

　耕平や仁美、釘宮も真壁の言葉にうなずいていた。が、井手だけは険しい表情を崩さない。

「そういう甘いことでいいんですか」

「甘いとは？」

「彼らは社会のルールを破って、ここへ送られてきたのですよ。そんな彼らに、プログラムの一環とはいえ、会話する自由まで与える必要はあるんでしょうか」

「必要があると判断したから、プログラムとして組み込んでいるのだよ。もちろん、甘いという意見もある。だから、男女共同の作業場に配属されるのは、A級の更生者のみ。もし、そのコミュニケーションでトラブルを起こすようなことがあれば、即B級扱いとなり、罰則金を科されることにもなる」

「でも、それでは本当のコミュニケーションは取れないんじゃないでしょうか？」

　仁美が言った。

「どういうことだ？」

「それほど厳しい罰則を科しては、思ったことも言えず、表面上の会話しかできなくなります。それでは逆に、自分を抑え込むことになって、結果、期待するほどの成果は得られないのではと」

「福原君。よく考えてみろ。一般社会で本音だけで話している者がいるか？　みんな、どこかで自分の言いたいことを抑えながら、バランスを取ってやっている。それが社会で生きていくということだ。彼らは、本音を剝《む》き出したからこそ、犯罪という行為を犯したんだろ。彼らは、ガマンしながら周りとコミュニケーションを取り、バランスを保っていくという、一般社会ではごく当たり前のことを実践しているに過ぎないんだよ」

「でも、それでは――」

「それなら私も支持できます」

井手が、仁美の言葉を遮《さえぎ》って、言った。

真壁は、うなずいて歩き始めた。井手も続く。仁美は、納得していない表情で歩き出した。

「若林さん。今の話、どう思います？」

釘宮が小声で訊いてきた。

「どっちの言うことも、間違ってない気もするが……。いずれにしても、こういうシステムは悪くないと思うけどね。君はどう思うんだ？」

「俺も、いいと思います。話ができないっていうのは、世の中にいるとホントにきついですから」

「おい、二人。遅れるな！」

真壁が、振り向いて怒鳴る。

耕平たちは、釘宮の背中を押して、小走りで列に戻った。

耕平たちは、管理ビルの中央廊下を抜け、グラウンドを横目に見ながら、監視塔へ入った。何もないホールにエレベーターのドアがポツンとある。

しかし、エレベーターのドアの横には、カードリーダーが取り付けてあった。

「ここのエレベーターは、職員しか使えない。使用方法は、各ゲートを通過する際と同じだ。このエレベーターは、監視塔の上部にあるフロアに直接通じている。ここには、暴動鎮圧用の非常用武器庫もあるが、そこには管理職以上の者以外は、認証された一般更生官しか入れないようになっている」

真壁は説明すると、踵《きびす》を返した。

「主任。監視フロアには上がらないんですか？」

耕平が訊いた。

「ここは、更生所のセキュリティーの中枢を成す部分だ。更生官といえども、職務に関係のない者が上がることを禁じている。君たちも、用もないのに、むやみに監視塔へ近づいたり、まして上部フロアへ上がったりすることのないように」

真壁はそう言って、歩き出そうとする。その真壁を、井手が呼び止めた。

「主任。懲罰房はないんですか？」

「基本的に、そういった房はない。ただ、各舎房棟の一角に、反省房というものは設けてある。ここは、独居房のようなもので、そこで毎日、反省文を書かせるのが、懲罰らしい懲罰だ」

「そんなもんで、反省するんですか？」

井手は、鼻で笑った。

「反省するしないは問題ではない。反省房に入っている期間は、就労できない。もちろん日当は出るが、それは微々たるもの。そんなところでくすぶっていては、当所のシステムでは収監される日数をいたずらに伸ばすだけだ。働かなければ、すべての行動を奪われる。働けば、その分の見返りはある。そういう簡単な理屈を叩き込むという観点で見れば、反省房の意味は十二分にあるのだよ。君はまさか、かつての刑務所のように、薄暗い牢獄《ろうごく》に囚人を閉じこめたり、暴行を加えたりするんだと思っていたんじゃないだろうな？」

真壁がジッと井手を見据える。井手は、まっすぐ真壁を見返した。

「そういうものだと思ってましたが」

「だったら、ここではそういう考えは捨てることだ。以上。本日で見学研修は終える。一通り、どこでどういう仕事が行なわれているのかはわかったと思う。このあと諸君には、本社でも受けた当社独自の性格診断テストをもう一度受けてもらい、その結果も加味した上で、配属を決定する。週明けから、それぞれ配属された部署で実務を始めてもらう。実務は、専任担当官の指示に従って、徐々に覚えていけばよろしい。配属先は、明日の午後、管理センター二階の総務部に知らせておくので、各自、総務部に出向いて確認するように」

真壁はそう言って、管理ビルへと戻っていく。

「いよいよですね」

「ああ」

耕平は釘宮を見てうなずき、プリズンエリアをあとにした。

8

宿舎に戻って休んでいた井手に、真壁から内線電話がかかってきたのは、十分前のことだった。

井手は、脱いでいた制服を再び着込み、舎房管理ビル二階、マジックミラー貼りの通路の奥にある主任室へ行った。

顔を見せるとすぐ、真壁は井手を連れだした。

「どこへ行くんですか、主任」

「まあ、黙ってついてきたまえ」

真壁は、後ろ手を組んで、舎房管理ビルの中央廊下を監視塔のほうへと歩いていく。

井手は、怪訝《けげん》そうな顔をして、真壁のあとについていった。

真壁は、監視塔のエレベーター前で立ち止まった。井手たちが持っているＩＤカードとは色の違う、金色のカードをリーダーに差し、スッと引く。

と、エレベーターの扉が開いた。

「私のカードは、入れなくてもいいんですか？」

「このカードは、管理職の者だけが持てるパスカードだ。これは、君たちが持つ普通のＩＤカードと違い、一枚でも複数人が通過できるようになっている」

真壁は言って、エレベーターに乗り込んだ。

「どうした。早く乗れ」

「しかし……ここは、関係者以外、近づいてはいけないと」

「君は、プリズンエリアの配属が決定した。もう関係者なんだ。嫌なら、別の部署へ回してもいいが」

「いえ。失礼します」

井手は、緊張した面もちでエレベーターに乗り込んだ。

扉が閉まる。エレベーターのボタンは、三つしかなかった。一つは上部の監視フロアに上がるボタン。一つは、一階フロアへ戻るボタン。そして、もう一つ、地下へのボタンがついている。

真壁は、地下フロアへ向かうボタンを押した。

「地下が武器庫なんですか？」

「表向きはね」

真壁は含みを持たせた笑みを浮かべた。

エレベーターはすぐに停まった。ドアが開く。薄暗い部屋には、いろんな武器弾薬が取り揃えられていた。

真壁のあとについて歩きながら、周りを見回す。催涙弾《さいるいだん》や煙幕弾を打つ短い筒のような銃もあれば、拳銃やライフル、サブマシンガン、バズーカやランチャーまで壁に飾られている。

「バズーカとかランチャーまで、暴動鎮圧用に必要なんですか？」

「全所規模で、暴動が起こってみたまえ。我々更生官だけでは、歯が立たない。よその国では、暴動鎮圧のために、戦車を投入するところもある。それほど、暴動というものは、恐ろしいものでもあるのだよ」

「つまり、大規模な暴動が起きた時は、更生者を殺すと？」

　真壁は返事をせず、うっすら微笑んでみせ、武器が飾られた部屋の奥へと進んだ。壁に重そうな鉄の扉が埋め込まれている。真壁は鉄扉を妙なリズムでノックした。すると、重い扉が独りでに開き始めた。軋み音を地下室に響かせながら、扉が開く。と、その先にフロアが広がっていた。コンクリートの壁には、鉄扉がいくつもはめ込まれている。

　入口前には、デスクが置かれていた。その脇に更生官が立っている。更生官は、真壁を見て敬礼した。

「ここは……？」

　井手は、じめっとした通路を歩きながら、左右を見渡した。

「君は、懲罰房はないのかと訊いたね？」

「はい……じゃあ、ここが？」

「あくまでも、非公式だがね」

　真壁は言いながら、奥から二番目のドアの前で立ち止まり、鉄扉をノックした。扉につけられた小さな覗き窓が開く。そして、真壁の顔を確認するとすぐ、扉が開けられた。

　中からまた、更生官が姿を現わした。真壁に敬礼する。ビシッと踵を揃えて敬礼する姿を見て、井手にも緊張が走った。

真壁はうなずき、中へ入った。井手も続いて、中へ入る。

三方をコンクリートに囲まれた窓のない部屋だった。中は薄暗く、カビ臭い。

部屋の中央には、更生官が数名立っていた。その足下に丸坊主の少年が転がっている。

少年の左瞼は、眼が塞《ふさ》がるほど腫《は》れ上がっていた。伏せた顔の脇には、折れた歯が転がっている。

真壁の姿に気づいた更生官たちは、真壁に敬礼をした。真壁はうなずいて、少年の脇に歩み寄った。

「どうだ、上條《かみじょう》。少しは反省したか?」

真壁は少年を見下ろし、声をかけた。

少年は肩を震わせ、頭を起こした。眉間に皺を寄せ、真壁の顔を下から睨み上げる。

「何を反省しろってんだ……ふざけんな」

少年は、血混じりの唾を吐き出した。

ねっとりとした赤い唾が、真壁のズボンの裾にへばりつく。真壁のこめかみが、ヒクリと蠢《うごめ》いた。

「まだ、わかってないようだな、自分の立場が」

真壁は左手のひらを真横に差し出した。横にいた更生官が、特殊警棒を真壁に手渡す。

真壁は伸縮警棒を振り出した。シャキッと音がして、警棒が伸びる。

「おまえが犯した罪は……暴行！」

真壁は言い、少年の背中を殴りつけた。

「はうっ！」

上半身を起こそうとしていた少年が、再び地べたに伏せる。

「恐喝！」

真壁の腕が、振り下ろされる。少年の背骨が軋みを上げる。

「窃盗！　強盗致傷！　公務執行妨害！」

真壁は、罪状を口にするたび、特殊警棒を振り下ろした。警棒の先が、少年のこめかみをかすめる。切れた皮膚から、鮮血が飛び出す。

「少年法で軽減しても、七年の刑に当たる。おまえはそれだけの罪を犯したんだ。わかってるのか。わかってるのか！」

真壁は力を込めて、頭部に警棒を振り下ろした。頭頂の皮膚が裂け、おびただしい血が噴き出した。

「主任！　これ以上は、まずいですよ！」

あわてて、横にいた更生官が止めに入る。

真壁は、警棒を放り投げ、少年の前に屈んだ。

「もう一度、ここのシステムを説明してやろう。ここでは、刑を金額に換算する。おまえの刑は、合計で五千六百万。年に八百万分の仕事をしないと、七年では出られない計算だ。懲罰房でも日当は出るが、一日千円。月に、三万しか稼げない。割ってみろ。このまま懲罰房にいるつもりなら、百五十五年もこの房にいなければならない計算になる。つまり一生、懲罰房暮らしってわけだ。屍《しかばね》になってもな」

真壁は、少年の襟首《えりくび》をつかんで、顔を上げさせた。頭部からあふれる血が、少年の顔を染めていく。

「なあ、上條。おまえも、もうすぐ十八だ。そろそろ、大人になったらどうだ」

「大人……に？」

「そうだ。いろいろ不満もあるだろうが、自分の身を粉《こ》にして働いて稼ぐことを覚えろ。それが、社会ってもんだぞ」

「そうすりゃ、あんたらみたいになれるってのか……」

「ああ、そうだ。おまえが望むなら、出所したあと、うちの更生官に推薦してやってもいい。おまえの心がけ次第でな」

「そうかい……あんたらと同じ大人に……更生官にしてくれるってのかい」

少年は、真壁の腕をつかんで、震えながら上半身を起こした。そして、真壁を見て、口辺に笑みを浮かべた。

真壁も、笑みを浮かべる。それを見て、少年は笑みを引っ込めた。

「だったら、オレは間違ってねえってことだ。ここで、屍になっても、てめえらみてえな人間だけにはならねえよ。何が、更生所だ。更生官だ。てめえらこそ、更生しやがれ」

少年の言葉を聞いて、真壁の笑みが凍りついた。

少年の腕を振りほどき、立ち上がる。少年はまた、フロアに伏せた。

「どうやら、おまえはもっと性根から叩き直さなければならんようだな。おい」

声をかけると、更生官がうなずいて、白い寝袋のようなものを持ってきた。袋には金具付きの長い袖が付いている。

他の更生官たちが少年を押さえつけた。足先から袋を被せていく。少年は抵抗しようとした。が、思うように体が動かない。

無理やり、少年の体を袋に詰め込み、腕を袖に通させた更生官たちは、腕が胴を巻くように袖の金具を止めた。

少年は、白いイモムシのようになり、フロアに転がされた。

真壁に言われ、大柄の更生官が、少年の上に馬乗りになった。

「押さえつけろ」

「裁縫道具を出せ」

言うと、一人の更生官が、腰に付けたウエストバッグから、コンパクトな裁縫セットを出した。

それを受け取った主任が、少年の頭上に屈み、針を出し、白い糸を通した。

「何、する気だ」

「傷の手当てだ。それも我々の仕事だからな」

真壁はそう言うと、消毒も麻酔もないまま、裂けた傷口の皮膚に、針を刺した。

少年は呻《うめ》いて、抗《あらが》おうとした。と、すぐ、馬乗りになった男の大きな手が、少年の顔面を押さえつけた。

「動くんじゃない。治療できないだろ」

真壁はそう言い、針を皮膚に通していく。

「んぐっ、んぐぐっ！」

少年は目を剝いた。

糸を締め付けるたび、傷口から絞り出された血が湧き、丸刈りの頭部から流れ落ちていく。

「んんんんっ！」

少年の呻き声がコンクリートの壁に弾《はじ》け、消える。

井手はさすがに、少年の姿を見て、顔をしかめた。が、真壁は涼しい表情で、雑巾《ぞうきん》でも縫うように、傷口を縫い合わせていく。他の更生官も、顔色一つ変えず、その光景を見つめていた。

少年の額やこめかみから、脂汗が噴き出していた。針を通すたびに、全身がビクッビクッと痙攣《けいれん》する。

真壁は、傷口を縫い終えると、立ち上がった。それを見て、馬乗りになっていた更生官も立ち上がる。

少年の全身から力が抜けていく。が、上を向いた両眼はまだ、真壁を睨みつけていた。

「自分がどうしなければならないのか、何をしなければならないのか、よく考えろ。それがわからなければ、拘禁されたまま、一生を懲罰房で終えることになるぞ。わかったな」

真壁は一瞥すると、少年に背中を向け、部屋を出ていく。他の更生官たちも、後に続く。井手も最後に部屋を出ながら振り返った。

少年は、最後の一人まで、顔を起こし睨みつけていた。が、重い鉄の扉が閉まりかけた瞬間、張っていた意識が途切れたのか、ガクッと床にうなだれた。

真壁は井手を手招きした。井手が小走りで、真壁の横に立つ。

「どうだった。ひどいと思ったか?」

「いえ……」

「君が言っていたように、我々が温情を持って更生を手助けしてやろうとしているにも拘《かか》わらず、さっきの少年のように、自分のしたことを棚に上げ、一向に反省しようとしない輩《やから》も多い。そういう連中にはやはり、厳しい指導が必要だ。しかし、本社上層部は、そうした厳しい指導を一切認めない。そこで我々は独自に、こういう場所を設置したのだ」

「独自に？」

「本社の決定を待っていても、埒《らち》があかんからな。ここは、旧陸軍が捕虜収容に使っていた房を改造したものだ。反省を促すには、絶好の場所とも言える。君なら、私の言っている意味がわかると思うが」

「わかります」

井手の返事に、真壁は力強くうなずいた。

「ここにいる更生官たちはみな、私の考えに賛同してくれた者たちだ。今は、上層部にも支援者がいる。我々はいずれ、このシステムを公のものにし、現在の生ぬるい更生所を改革するため、動いている。君にも、我が真壁班の一員として、がんばってもらいたいと思っているが、どうだね」

「光栄です」

井手は直立して、後ろを振り向いた。

「井手次敏《つぐとし》と申します。何かと至らぬところはあると思いますが、先輩方のご指導、よろしくお願いいたします」

井手は言って、深々と頭を下げた。

真壁が井手の背中を叩く。井手は顔を上げ、真壁を見つめた。

「もう一度言っておくが、この懲罰房は非公式のものだ。他言は一切ならん。内偵監査員が動いているかもしれないという情報も入っている」

「内偵監査員とは？」

「各更生所に不正がないか、内偵している内部監査室の人間どもだ。実体はわからん。内部監査室の存在すら、明かされてはおらんが、そういう連中がいても不思議ではない。そんな身内を売るような連中に、我々の計画を邪魔されたくはない。秘密厳守は、絶対だ。わかったな」

真壁の言葉に、井手は力強くうなずいた。

「では、実務上の注意点は、先輩に指導してもらうことにする。照屋！」

「はい！」

真壁に名前を呼ばれた照屋が、一歩前に歩み出た。

「井手に、真壁班のルールを教えてやれ」

「はっ」

照屋は真壁をまっすぐ見つめ、直立して敬礼した。

# 第二章　軋み始めた陰

## 1

「若林センセ、株価が下がったのに儲《もう》かるってのは、どういうことなんだい？」

白いつなぎを着た白髪交じりの更生者、田口が、本を睨みつけながら、耕平に訊いてきた。

耕平は、隣のパイプイスを手元に引き寄せて座った。

「それはカラ売りのことですね」

「カラ売り？」

「自分の手元にない株を、証券会社から借りて、売ることです」

「そんなことができるのかい？」

「信用取引という方法です。まあ、細かいことは置いときますけど」

「細かいことはいらねえんだ。なんで下がったのに儲かるのか、知りてえんだよ」

田口が耕平の顔を覗き込み、訊いてくる。耕平は、テーブルにあった消しゴムを取った。

「この消しゴムが今、百円だとします。それを田口さんが、僕から十個借りて、売ったとしましょう。千円の現金が入りますね」

「ああ」

「その後、消しゴムの値段が五十円に下がった。そこで、田口さんが消しゴムを買い戻した。すると、田口さんの手に消しゴムはいくつ入ることになりますか？」

「ええと……十個売って、さらに十個だから……二十個だ！」

「そうです。初めに借りた分を僕に十個返すと、どうなります？」

「わしの手元に、十個の消しゴムが残っとる……。なるほど、そういうことか」

「僕が、消しゴムを貸した利息に一個もらったとしても、田口さんの手元には、九個の消しゴムが残る。それが丸々、田口さんの儲けになるわけですよ」

「なるほどねえ。けど、あんたの儲けには、ならないんじゃないか？」

「いえいえ。僕が持っている消しゴムというのも、元々は他の人から預かり、保管してる消しゴムです。僕の腹は痛まない。それに、もしも消しゴムの値段が上がってしまった時のことも考えて、僕は田口さんに消しゴムを貸す時、一定の補償金を預かってる」

「ずるいな、あんた！」

「そういうものなんですよ、株というのは。経済の仕組みを勉強するには、いい材料ですけど、生半可な知識で手を出すと、大変な目に遭います。特に、信用取引は」

「センセぐらいの知識がありゃいいのかい？」

「僕程度じゃ、話になりませんよ」

「センセぐらい、何でも知っててもダメなのかい……」

田口は本を握りしめて、渋い表情をした。

「間違っても出所したあと株で一儲けしようなんて、思わないことです。手元に余力がなければ地道に働く。それが一番ですよ。わかりましたね、田口さん」

耕平は、田口の背中を軽く叩いて、立ち上がった。

耕平たちの配属が決まって、十日が経《た》っていた。

耕平は、ワークエリア内にあるＩＴエリアビルに配属された。ここには、プログラミングオフィスの他、各種専門資格取得用の教室や、成年、壮年者たちが自由にあれこれ勉強できる学習ルームもある。

耕平は、ビル三階にある学習ルームのフロアで働いていた。

フロアには、耕平ともう一人、先輩の須間《すま》という穏やかそうな表情をした中年更生官がいるだけ。

学習ルームへは、就労中も担当更生官の許可さえあれば出入りできる。その分、労役手当てが減らされるからか、普段は更生者の出入りも少ない。

いるのは、作業中にケガを負った者や働くには体調が思わしくない中高年の更生者だけ。少年更生者もポツリポツリとはいるが、学習する少年たちのほとんどは、専門資格の教室か、プリズンエリア舎房ビル内にある就学教室へ通っている。

物静かな須間のせいもあるのだろうが、日中は、陽当たりのいい老人ホームの図書館にいるような感じだった。

田口はよく、同室のセイさんと呼ばれている更生者と共に学習ルームへやってきて、耕平にあれこれ話しかけていた。

慣れない職場で緊張していた耕平だったが、田口のおかげで、ずいぶん早く仕事場の雰囲気になじめた。

耕平は、後ろ手を組んで、ゆっくりと長テーブルの間を歩いていた。

「他のみんな、どうしてるんだろうなあ」

耕平は、歩きながら同期の仲間のことを考えていた。

釘宮は、製品搬出入センターの商品検閲部へ配属された。仁美は、心理学を専攻していたという知識を生かして、舎房管理ビル内にあるメディカルルームで、メンタルケアを行なっている。

そして井手は、プリズンエリアの舎房監視員として配属された。

みんな、忙しいのだろう。それぞれの部署に配属されてからは一度も顔を合わせていない。

「明日は休日だから、今夜みんなを誘ってみるかな……」

耕平が吹き抜けのガラス窓からワークエリアを眺めていると、また声がかかった。

「若林更生官」

窓際にいた中年男に呼び止められた。

一見すると、中肉中背のこれといって特徴のない男だった。声をかけられなければ、風景に溶け込んで見落としてしまいそうなほど、地味でおとなしい。が、自分に向けられた眼を見て一瞬、頬が強《こわ》ばった。

鋭い眼だった。ギラギラしてるわけではない。力んで威嚇《いかく》しているわけでもない。なのに、目を合わせれば合わせるほど、奥の方から得体の知れない圧迫感が漂ってくる。

「なんでしょう……」

耕平は、視線を逸らすように前屈みになって、ネームプレートを見た。

「藤浦《ふじうら》さん」

名前を呼んだ耕平は、彼も一人の更生者なんだと自分に言い聞かせ、笑顔を作って顔を上げた。

「あんたは、善と悪をどう思う?」

耕平は一瞬戸惑ったが、すぐ笑みを作り直した。

「善もなければ悪もない。善と悪とを突き詰めていけば、相通ずるものがある。西田幾多《にしだきた》郎《ろう》という哲学者が〝善の研究〟という著書の中で、こう述べています。僕もそう思います。善と悪とは人間の中に共存していて、バランスが崩れた時に悪が顔を出す。そういうものじゃないでしょうか？」

「教科書みたいな答えだな」

　藤浦は鼻で笑い、顔を伏せた。

「もういいよ。あんたみたいなインテリに用はない。あっちへ行け」

「行けって……」

　耕平は目尻をヒクリとさせ、藤浦の前に座った。

「何が気に入らなかったんでしょうか？　僕は、あなたの質問に答えただけだ」

「だから、あっちへ行けって言ってんだろ」

「理由を聞かせてください」

　つい、耕平の声が大きくなる。静かな部屋に耕平の声が響き、他の更生者たちの視線が二人に集まる。

「理由だと？　そんなこともわからねえのか？」

　藤浦は、耕平を見下したように口辺を歪める。

「はっきり言ってください」

「そんなこと、言えるか。口にした途端、科料をかける気だろ。抗弁だのなんだの言ってよ」

「そんなことはしない！」

耕平は、つい声を荒らげた。

と、須間が小走りで近づいてきた。

「何かあったのかね？」

「いえ……ちょっと、議論をしてただけです」

「議論だと？　おまえみたいな鼻タレとは、議論にもならねえよ」

「鼻タレ……？」

耕平が気色ばんで立ち上がり、身を乗り出す。その両肩を須間が押さえた。

「藤浦さん。もうカンベンしてくださいよ」

「またまた使えねえヤツが来たもんだな、あんたと一緒で」

「申し訳ないですな。若林君、来なさい」

「しかし――」

「いいから、来たまえ！」

須間の強い口調は、初めてだった。

耕平は、藤浦をひと睨みして、須間に連れられ、更生官の管理室へと歩き出した。周りを見る。と、更生者たちはチラッと耕平の姿を見やりながら、ニヤニヤしていた。

　ガラス張りの管理室へ入ると、須間は自分のデスクのイスに腰を下ろした。そのデスクの前に、耕平が立つ。

「どうして、引き留めたんですか」

「君が興奮していたからだ」

「興奮していません。ただ、少し熱くなった程度で――」

「あれが手なんだよ」

「手？」

「藤浦は、ここへやってきては、新人に屁理屈《へりくつ》をふっかけて、怒らせるんだ。そのせいで、ここに新人が居着かない。すぐに異動願いを出して、異動してしまう」

「そんなことで、異動するんですか」

「するんだよ。彼はいったん目をつけた新人には毎日、今みたいにわけのわからん話をふっかけてくる。そして、彼の口車に乗って、興奮して怒り、しまいには手を上げる者も出てくる。そうなれば、藤浦のものだ。更生官の暴力が理由で作業に就《つ》けなくなった場合、休職扱いにはならず、休んでいても労役と同額の手当てが支払われるようになっている。しかも、場合によっては、更生官が賠償金を払わなければならない」

「僕たちが、ですか？」

「ああ。給料から天引きする形で、賠償金を支払う。その賠償金は、彼らに課せられた量刑の金額から差し引かれる」

「ということは、僕たちを利用すれば、働かなくても出所できるということですか？」

「そういうことだ。実際には、一発で出所できるほどの賠償金を支払う事故は起こってないが、藤浦は、さっきのような手で更生官を怒らせ、手を出させて、今までに懲役刑に換算して、一年六ヶ月分の刑を短縮している」

「じゃあ、僕にも手を出させようと思って、わざとあんな突っかかり方を……？」

問い返した耕平に、須間はうなずいた。

「だから、相手にするな。こうコロコロと新人に替わられたら、私も困るんでな」

「でも、須間さんはずっと、ここにいますよね。嫌がらせを受けなかったんですか？」

「受けたよ。けど、ハナから相手にしなかった。あいつらの言うことなんか、まともに聞いてたら、こっちの身が保たんからな」

「そんな……」

「そのぐらいの気で接しろということだ。そうしないと保たないぞ、ここは。そういう手を狙ってるのは、藤浦だけじゃないからな。頼むよ、若林君。私もそろそろ、後任候補がほしいと思っているところなんだから」

「はあ……」

耕平は戸惑ったような返事をして、後ろを振り返り、指で文章をなぞりながら、本を読みふけっている藤浦をジッと見つめた。

## 2

「遅れちゃって、すいません」

以前みんなで集まったレストランで、耕平が一人ビールを飲みながら待っていると、釘宮が額に汗をにじませながら、制服のまま小走りで入ってきた。

「今まで仕事だったのか？」

「はい。検閲部って、けっこう大変なんですよ。ちょっとした欠陥とか、怪しいとこがあると徹底して調べなきゃならないんで」

釘宮は話しながら座り、水を持ってきたウエイトレスにビールを注文した。

「シャワー浴びて、着替えてくればいいじゃないか」

「シャワーなんて浴びたら、そのまま寝ちゃいますから」

釘宮は言って、出されたおしぼりを広げ、顔を拭いた。

「若林さんは、どうです？」

「僕のいる部署は、静かなもんだよ。よほどのことがないかぎり、定時に上がれるしね」

「うらやましいですね、それは」

「ところが、そうでもなくてね――」

話しているところに、仁美が姿を現わした。

「ごめん。遅くなっちゃったかな」

「俺も、今来たとこですよ」

釘宮が言う。

「ビールでいいですか？」

「ええ、ありがと」

仁美が言うと、釘宮は手を挙げてウエイトレスを呼び、ビールを追加注文した。

「井手さんも来るんですか？」

「一応、声はかけたけどな」

「そうそう。井手君には、舎房管理ビル内で会ったわよ。で、聞いてみたんだけど、いつもの調子で〝おまえらとつるむ気はない〟なんて言われたわ」

仁美が肩をすくめてみせる。

そこに、冷えたジョッキに入ったビールが二つ運ばれてきた。仁美と釘宮が手に取る。

耕平も飲みかけのジョッキを取って、持ち上げた。

「とりあえず、お疲れさん」

耕平のかけ声で、三人がジョッキを合わせる。仁美と釘宮は、すぐビールを喉に流し込んだ。

「あー、うまい。オリオンビールって、暑いところで飲むとホントにうまいっすね。ほろ苦い炭酸水みたいで」

「炭酸水はないいんじゃない？」

「すいません……」

「私もそう思うけど」

仁美は釘宮を見て、微笑んだ。

「何か頼みましょう。何がいいですか？」

「私は、チャンプルーね。種類は何でもいいわ。とにかく、おなかが空いてるから」

「僕も何でもいい。任せるよ」

「じゃあ、適当なところ見繕《みつくろ》って、頼みますね」

釘宮はメニューを持ってウエイトレスのところに近づき、あれこれと注文し始めた。

「あんなに気をつかわなくていいのにな」

「釘宮君は、ああしてるのがうれしいのかもよ。ありがたくお任せしときましょ」

仁美は言って、ビールを含んだ。

「仕事はどう？」

「僕のところは、暇なもんさ。君は、大変だろ。メンタルケアなんて」

「そうでもないわよ。相談に来た更生者たちの話を聞くのが主な仕事だから。P房、精神疾患の更生者は、第七舎房にある専門病棟で診察を受けることになってるし」

「どんな相談が多いんだ？」

話しているところに、釘宮が戻ってきた。話を途切れさせないように、静かに座って、仁美の方を見やる。

「一番は、普通のグチ。やっぱり、自由度が高いといっても、拘束されてるわけだから、そういうストレスを発散させに来る人が多いわね。それと、次に多いのが、過去の過ちを話し出す人たち」

「自分の犯した罪をということ？」

「ええ。ある意味、懺悔《ざんげ》するようなものなんでしょうね。家庭内暴力がひどくて自分の息子さんを殺してしまったお母さんなんて、毎日のように私のところへ来るのよ」

「話しても、落ち着かないってことなんでしょうか」

釘宮が訊く。

「その時は落ち着いて帰るんだけど、また次の日には落ち込んだ顔して、やってくるの。何とかしてあげたいとは思うんだけど、私にできることって、話を聞くぐらいだしね」

仁美がフッと視線を落とす。

「薬物治療は？」

　耕平が訊いた。

「一般の更生者には、基本的に薬物は使わないの。使っても、副作用の少ない精神安定剤ぐらい。私のところへ来る人たちには、そのぐらいで充分なの。薬を使えば、楽になるかもしれないけど、一度使うと、手放せなくなるからね。そういうスタンスって、いいと思うし、更生プログラムとして、よく考えられてると思うわ」

「暴れたりする人は、いないんですか？」

　釘宮の問いに、仁美は笑った。

「テレビの見過ぎよ。いわゆる一般で精神病と言われるものには、二種類あるの。純粋に心を病《や》んでしまってる精神的なものと、脳疾患や神経伝達の不具合で感情なんかがうまくコントロールできない身体的なものが。私のところへ来る人たちは、心が病んでる人なの。そういう人たちは基本的に、暴れたり、わけのわからないことで怒鳴ったりはしないものよ」

「へえ、そうなんですか。知らなかった」

「無理もないわ。テレビやニュースでも、そういう取り上げ方しかしないし、メンタルクリニックっていってもすぐ、病名をつけてお薬を出したがる病院も多いしね。でも、実際は、病名を付けられたことで、病気になっちゃう人も多いのよ」

「ずっと、風邪《かぜ》だ風邪だと言われてれば、本当に風邪引いた気分になるからなあ」

「そういうこと。無理に病名も付けないし、お薬も出さない。できるだけカウンセリングで治療しようという、ここの方針は、素晴らしいと思うわ、本当に」

仁美は耕平の方を見て言った。

話が途切れたところで、タイミングよく、料理が運ばれてきた。

釘宮がせかせかと小皿を広げ、大皿に載った料理を取り分けていく。

「いいよ、釘宮。自分でやるから」

「いいんすよ、このぐらい。久しぶりに、みなさんと食事できてうれしいんです。それより、若林さん。若林さんのところ、楽かと思ったらそうでもないという話だったけど、どういうことなんです？」

「ああ、そのことなんだけどね――」

耕平は、藤浦のことや、須間から聞いたことを話して聞かせた。

「そんなことがあるんですか？」

釘宮は、目を丸くする。

「そういえば、うちの先輩もそういうことを言ってたわ。わざとメンタル担当の更生官を怒らせようとする人がいるって。気をつけろと言われたけど……そういう理由だったのね」

「ああ。その藤浦という更生者は、その手で一年半分の量刑を削らせたそうだ」

「やっぱり、ここって刑務所だったんですね。そんな手を考えるヤツがいるなんて。怖いなあ……」

釘宮が料理を口に運びながら言う。

「君のところでも、そういうことはないのか？」

「俺の部署では、そういうことはありませんよ。製品を搬出入するゲートって、唯一、ワークエリアから直接、外へ通じるところでしょ。騒ぎを起こそうものなら即、監視員がやってきて拘束されます。少し怪しい行動を見せただけでも、検閲場への出入りが禁止されるぐらいですからね」

「厳しいんだな」

「ピリピリしてますよ、現場は。あそこもまた、刑務所だなあって実感する場所です。そんなとこにいるから、毎日、終わったあとはヘトヘトなんですけどね」

釘宮は話しながら、料理をかき込んでいた。

「でも、藤浦に関わるなと言われても、困るんだよな、実際。フロアの見回りは僕の仕事で、須間さんは部屋にこもったまま。話しかけられて、返事をしないわけにもいかない。どんな理由があろうと、ルームに来る更生者を差別したくはないからな」

「だったら、話に付き合ってあげれば？」

「えっ?」

「要は、怒らなければいいわけでしょ。いくらでも話を聞くという姿勢を見せれば、相手も話しにくくなるわよ。屁理屈は屁理屈なんだから、話が詰まってくるだろうし。それに、ひょっとしたら屁理屈じゃないのかもしれないじゃない。少し好戦的な、本当に議論したいだけの人かもしれないし」

「なるほどな」

「私の仕事と同じようなものよ。熱くなることはあるでしょうけど、怒鳴らず、しかしその感情までは抑えずに話を進める。そうすれば、その藤浦って人も、素直に話しだすかもしれない」

「そうだな……そうしてみよう。ありがとう」

仁美は、耕平の方を見て眉毛を上げて微笑み、小さく首を振った。

「そういえば、井手さんの様子はどうなんです? 福原さん、同じ舎房管理ビル内にいるから、よく会うでしょ」

釘宮が仁美を見た。

「たまに見かける程度よ。建物は一緒だけど、彼は舎房に出入りしていることが多いみたいだから。相変わらず、いかめしい顔つきよ。でも彼には、合ってるのかしら。更生者も彼の前では、おとなしくなるもの」

「まあ、あの顔で睨まれたら、誰だってビビりますよ、普通」

釘宮が、身震いするような仕草を見せる。

「でも、彼だけじゃないわね。私たちに研修してくれた真壁主任がいるでしょ」

自分の方に視線を向けてきた仁美に、耕平はうなずいて見せた。

「主任が舎房監視員を仕切ってるんだけど、中に真壁班と呼ばれる人たちがいてね。その人たちはみんな、いかつい顔してるわ。更生者たちも、真壁班の監視員と出くわすと、道を開けたり、会話を止めたり、席を立ったりするの」

「どういうことなんだ……？」

「先輩の話じゃ、更生者たちの間で、ちょっと怖そうな更生官をそう呼んでるらしいんだけどね。でも、それも必要かも。B級更生者や、F房やG房の更生者の中には、更生官に反発ばかりしてる人とか、悪巧《わるだく》みをしてる人とかも多いって聞くから」

「それじゃあ、徹底した上下関係で受刑者を服従させる今までの刑務所と変わりないじゃないか」

「そうは言うけど、やっぱりここは名前は違っても刑務所よ。そういう抑止力も必要だと思う、正直なところ」

「暴力で押さえつけてるってことは、ないのかな？」

「それは、ないわよ。暴力行為は更生官といえども禁じられているし、メディカルセンターにも殴られたようなケガで治療に来る更生者はいない。考え過ぎよ」

「そうですよ、若林さん。第一、昔の懲罰房みたいなものはないって、真壁主任も言ってましたし、現に俺らがもらった所内の地図にも、そんな場所はない。もし、暴行が行なわれたとしたら、そういう話は耳に入ってくるはずですよ、俺らにも」

「だといいけど……。なんだか、学習ルームに来るほとんどの更生者たちも素直だし、研修中に見たプリズンエリアの更生者たちも、おとなしかったし。とても、犯罪を犯した人間たちとは思えなくてな」

「若林さんも、テレビや映画の見過ぎ。それとも、騒ぎがないと、刑務所じゃないって言いたいの？」

「そういうわけじゃ……」

「それだけ、ここのシステムが機能してるって証拠よ。実際、そんなことが行なわれていれば、兆候はあるはずだし。もし、暴力的行為が行なわれてるとわかったら、私が上に報告するわ」

「そうですよ、若林さん。冷めちゃいますよ。食べましょう」

釘宮の言葉に急《せ》かされ、仁美が皿を取る。

耕平は、料理を口に運びながら、周りで食事をしている出所間近の更生者たちを何気なく見つめていた。

3

舎房管理ビルの主任ルームでは、真壁班のミーティングが行なわれていた。

「昨日、我々を支援してくれている上層部の方から、連絡があった。やはり、内偵監査員が第一更生所に入っている可能性は高いとのことだ」

真壁の言葉を聞いて、十数名の監視員たちが、ざわつき始めた。

「静粛に」

真壁がいう。監視員たちは私語をやめ、真壁のほうへ向き直った。

「ただ、その素性は一切わからない。容姿はもちろん、男か女かすらわかっていない。何を調べているのかもだ」

「主任。あぶりだしちゃどうですか」

一番後ろにいた大柄の玉城《たましろ》が、手を上げて言った。

「いや。目的がわからん以上、むやみに騒ぎ立てるのは、得策ではない。諸君らは、今まで通りの業務を行ないながら、暴力行為、あるいは真壁班に関して、必要以上に興味を持つ更生官や更生者がいたら、逐一、ミーティングの際に報告してほしい」

「更生者にも疑いが？」

井手が訊いた。

「彼らも〝入ってきた者〟だ。疑わしきはすべて疑う。君は大丈夫だろうね？」

「私ですか？ 私は、真壁班に入れていただいて、光栄だと――」

井手が、真顔で訴える。と、真壁が笑みを浮かべた。

「すまんすまん。君のことは、真壁班に入れる前、徹底的に調べた。その上で、判断したことだから、心配いらんよ」

「ありがとうございます」

「大事を行なう時に、小事をおろそかにしてはならん。アリの一穴だ。わかったね」

「はっ！」

井手は踵《かかと》を揃え、直立した。

「今まで、関係ないと思っていた連中にも注意を払え。わかったな」

真壁の言葉に、集まった監視員たちが強くうなずく。

「井手、照屋」

「はっ」

名前を呼ばれた井手と照屋が一歩前に出た。

「本日の夜間特別監視は、君たちにやってもらう。井手。君は初めての夜間特別監視だ。先輩の照屋の指示に従うように」

「はっ！」

井手は直立したまま、敬礼した。

「では、解散」

真壁の号令で、集まっていた十名ほどの監視員が、バラバラと舎房管理ビルの監視員部屋から出ていく。

井手も一礼して、照屋のあとについて部屋を出た。

「照屋先輩。夜間特別監視とはなんですか？」

「声が大きい」

「失礼しました」

井手は目を伏せ、詫《わ》びた。

照屋は、黙って管理塔のほうへ歩いていった。

井手も一歩下がってついていく。

照屋は、監視塔のエレベーター前で立ち止まり、胸のポケットから金色のＩＤカードを出した。

「先輩も持ってるんですか？」

「これは、真壁主任から預かっているものだ。夜間特別監視をするときには、主任から直接借り受けるようになっている」

照屋は言って、リーダーにカードを通した。

エレベーターの扉が開く。照屋は扉を閉めて、地下へのボタンを押した。

すぐ地下に到着し、ドアが開く。井手自身、地下の武器庫へ降りるのは、今日で二回目だった。

「懲罰房へ行くんですね」

「静かに。懲罰房のことは極秘だ。施設内のいかなる場所であろうと、懲罰房のことは口にするな」

「すいませんでした」

井手は、ズボンの折り目に指を揃え、頭を下げた。

武器庫の奥へ進んだ照屋が、鉄扉の前で立ち止まる。照屋は、ノックをした。

一回。少し間を置いて、三回。そして、また間を置いて二回。

すると、奥の方でロックが外れる重そうな音がして、鉄扉が開かれた。

「今のが合図だ。合図は交代ごとに変わり、懲罰房内にいる我々に専用無線で伝えられる。くれぐれも間違えないように」

「はい」

井手は返事をして、中へ入った。

昼間、懲罰房を監視していた二名の仲間がいた。お互い敬礼をし合う。

「異常は？」

「とくにない。相変わらずうるさいのは、上條一人だ」

「ご苦労さん」

照屋が言うと、監視員たちは出ていった。

扉を閉め、手回しのロックをかける。どんよりとした岩の壁に囲まれた空間に、井手は息が詰まりそうだった。

「どうした？　君は、閉所恐怖症なのか？」

「いえ……ですが」

井手は、周りを見回した。

「不気味だろ？」

「はい……」

「岩の隙間や壁のヒビ、至るところに捕虜となった者たちの血肉と思念が宿ってるだろうからな。しかし、そうまでして兵士たちは戦い、今日の平和な社会を築き上げたんだ。それを、さも自分たちの天下であるように振る舞い、秩序を乱した連中が、ここへ送られている。我々が先人の思いを理解し、平和というものの尊さを感じるには、一番いい場所だ。そうは思わないか？」

「おっしゃるとおりです」

「君がここを怖いと感じるのは、まだまだ先人たちの思いを理解できていないからだ。君も、彼らに指導する傍らで、そういうものを感じ取り、学び、精進《しょうじん》してほしい」

「はい」

井手は、表情を引き締めた。

「では、見回りに行く。くれぐれも油断しないように。見回る時は常に、伸縮警棒を握っておけ」

照屋に言われ、井手はベルトのホルダーから、伸縮警棒を抜き出した。革製の輪に手を通し、手首に引っかけて柄を握る。

「食事を配ったりはしないんですか?」

「ここでの食事は、昼の一度だけだ。第七舎房から特別なルートで、ここへ運ばれることになっている。それはまた、日中担当になった時、教える」

照屋は言いながら、手前の房で立ち止まり、古びた南京錠に鍵を差し込んだ。大きくて、太い鍵。照屋は一本しか持っていない。

「鍵は、それだけですか?」

「かつて使われていた南京錠をそのまま使ってるからな」

「でも、それでは脱走する者も出るのでは」

「それはあり得ない。逃げ出そうとする者は即、処分していいことになっている」

「処分……と言いますと？」

「処分は処分だ」

照屋は言いながら、腰を右に迫り出した。ホルダーに差さった銃が揺れる。

井手はそれを見て、ゴクッと唾を飲み込んだ。

照屋が、房の鉄扉を開いた。薄暗いコンクリート部屋の中に、ぼんやりと人影が浮かび上がる。中へ入ろうとすると、すえた臭いがもわっと鼻先にまとわりついてきた。

部屋の左隅に、痩せこけた男がいた。更生者が着る白いつなぎは、薄汚れてグレーになっている。

更生者は、照屋や井手の顔を見たとたん、目を見開いて怯《おび》え、膝を抱えて身を丸くした。

「どうだ、多家良《たけら》。少しは反省したか？」

照屋が問いかける。が、多家良は震えるだけで、口を開こうとしない。

すると、照屋が言った。

「井手。指導しろ」

「えっ？」

「指導しろと言ってるんだ」

照屋が声を上げる。多家良は、壁にめり込むぐらい張りついて、逃げようとしていた。

「わからんヤツだな。指導とは、こうするんだ」

照屋は、自分の伸縮警棒を抜き出して、柄を握り振った。シャキッという金属音が、コンクリートの壁に反響する。

そして照屋は、背を向けた多家良の背中に、思いっきり警棒を振り下ろした。

「ぎゃああ！」

多家良が絶叫した。

照屋は、何度も何度も多家良の背中を打ちつけた。多家良は、壁をかきむしりながら、叫び続ける。

井手は、その光景に顔をしかめた。

肉を打つ音と絶叫が鳴りやまない。井手は、照屋を見た。照屋は目を見開き、口辺に笑みすら浮かべながら、警棒を振り下ろしていた。

「先輩！　死んでしまいますよ！」

井手は見るに見かねて、照屋の右腕をつかんだ。照屋が肩で息をつきながら振り返る。

「なぜ止める？」

「死んでしまいます。それに、彼は無抵抗じゃないですか」

「無抵抗？　君は何を見てたんだ。こいつは、しっかり逆らっただろ。俺の問いかけに返事をしなかった。無言で抵抗しようという腹だ。そんな気持ちが少しでもある間は、真の反省などあり得ないんだよ」

照屋は、井手の手を振り払おうとする。が、井手は離さなかった。

照屋は、大きく息をついて、腕を下ろした。井手も手を離す。

「君は甘いな。こいつが、どういうヤツか知っているのか？」

「いえ……」

「こいつは、浦添《うらぞえ》市内でハバを利かせていた多家良組の組長だ。地元の女子高生や若い女をさらってはクスリ漬けにし、売春街で体を売らせていた。こいつのせいで地獄を見た女の子や家族たちは大勢いるんだ。しかも、捕まってここへ送られてきてすぐ、こいつは何をしたと思う？　こともあろうに、我々更生官を、金と暴力で支配しようとしたんだ。手下を使ってな。身の程知らずにもほどがある。こういう輩に温情は無用。本来なら、殺されても文句の言えないヤツなんだぞ」

「しかし……」

「いいか。こういう連中は、自分が助かるなら、どんな顔でも作る。見てみろ、あの汚れきった眼を」

照屋は、多家良を睨みつけた。井手も見やる。たしかに、淀《よど》んではいるが、今の多家良の眼は、井手から見るとただ単に怯えているようにしか見えなかった。

「こんな連中に、騙《だま》されるな。わかったな」

照屋は言うと、房を出ていく。井手は、壁にへばりついて震える多家良から目を背けて、小走りで房を出た。

南京錠をしっかり閉めた照屋は、隣の房へ移った。

「ここは、わかってるな。君が最初に来た上條の房だ。こいつが一番、タチが悪い。しっかり指導するんだぞ」

「はい……」

「返事が小さい！」

「はい！」

井手の返事を聞いて、照屋がうなずく。そして、照屋が上條の舎房を開いた。

ゆっくりと中が見えてくる。上條はまだ、拘禁具を着せられたままだった。

「先輩。これ、あの日からずっと……」

「ああ。とにかく反省しないヤツだからな、このガキだけは」

照屋は靴底を鳴らしながら上條に歩み寄ると、いきなり背中を蹴飛《けと》ばした。

上條が、息を詰めて、首だけ傾ける。頬はやつれ、目の下のクマもひどい。が、多家良と違い、瞳の輝きだけは失っていなかった。

「悠長に寝てるんじゃない。反省はしたのか、上條！」

「照屋じゃねえか。相変わらず、態度でけえな、てめえは」

「なんだと！」

「てめえも、元はオレたちと同じクチじゃねえか。うめえこと真壁のクソに取り入って、何もかもなかったことにしてえのかよ」

「おまえみたいなヤツと同じにするな！」

「オレだって、てめえのようなクソ野郎と一緒にされたかねえよ。てめえ、あれだってな。房にいるときゃ、相当いじめられたらしいじゃねえか。てめえと同房だったオッサンから聞いたことがあるぜ。真壁に取り入ったのも、更生官になったのも、その恨みを晴らしてえからなんだろ？　え？」

「なんだと、貴様！」

「もう、その頃のオッサンはバラしたのかよ。ここへ閉じこめて。それともまだビビって、何もできてねえか？」

「黙れ！」

照屋は、二、三度、立て続けに上條の背中を蹴飛ばした。顔をしかめて、息を詰める。が、上條は歯を食いしばって、呻き声を漏らさなかった。

上條は、眉間に皺を寄せながらも、口辺には笑みを浮かべ、照屋を見据えた。

「カンバン背負ってなけりゃ、何もできないくせによ。そんなヤツが更生官とは、聞いてあきれるぜ」

上條が血の混じった唾を吐く。唾が、照屋の足下に落ちる。照屋は、その唾を靴底で踏みつけ、ねじった。

「どこまで、根性のねじ曲がったヤツなんだ。井手、指導！」

「はっ！」

井手は、上條の脇に立ち、伸縮警棒を振り出し、右手を振り上げた。

上條が下から睨み上げてくる。井手はなんとも言えない迫力を持つ上條の眼光に、一瞬怯《ひる》んだ。

「てめえ、新人だな。井手っていうのか。てめえもクソの仲間入りってわけだ。そのツラ、しっかり覚えとくぜ」

「何やってる、井手！　指導だ！」

「は、はい！」

井手は、照屋の声に弾かれ、腕を振り下ろした。

警棒が脇腹に食い込んだ。グリップに、肉にめり込んでいく感触が伝わってくる。上條は、苦しそうに身をよじった。

警棒を握ったまま、ジッとしていた。

「何をやってるんだ。指導だ、指導！」

「いや、しかし……」

躊躇《ちゅうちょ》していると、上條が顔を上げた。

「新人さんよ……てめえはまだ、マシな気持ちがあるみてえじゃねえか。そいつを忘れちまったら、こいつらみたいなクズに成り下がるだけだぜ」

上條は、こめかみに汗をにじませながら言った。

「何してるんだ。ええい、貸せ！」

照屋は、井手の手から警棒を奪い取った。

「貴様のようなヤツに、気持ちを語る資格はない！」

照屋は、そう怒鳴って、問答無用に警棒を振り下ろした。

「井手！　おまえも、甘ったるい顔してるから、こんな連中にナメられるんだ。わかったか！　返事は！」

「はい！」

「こういう連中は、叩き直すしかないんだ。俺たちの手でな！」

照屋は、奥歯を噛んで、警棒を振り下ろし続ける。上條はもはや、息を詰めることすらできずにいた。

井手は、止めに入ろうとした。が、照屋のあまりの迫力に、脇に突っ立ったまま動けずにいた。

## 4

耕平は週末を利用して、島の北側を散策していた。

第一更生所を挟んで、南側には滑走路や島民と更生者が共同で経営する特産物畑がある。そして、北側には、島民たちの居住区や港があった。

居住区までは、車でも十分ぐらい。耕平は、ほどよい陽射しを浴びながら、のんびり歩いて、居住区までやってきた。

広い農道のような舗装道路を北上していく。ところどころに沖縄特有の石垣で囲われた家が建っている。

北側にも畑が多く、土を耕すのに水牛が使われている。歩いている最中も、路上で水牛車とすれ違った。

照屋が言っていたように、車はほとんど走っていない。

たまに見かける軽トラックも、照屋が運転してきた車同様、ナンバープレートもなければ、窓ガラスもなかった。

すれ違う人たちのほとんどは、老人だった。しかし、みな血色がよく、足取りもしっかりしている。

さらに北上していくと、真新しい飾りレンガをまとった白や黄色の四角い一軒家が建ち並ぶ一角に出た。

そこには、若い人たちもいれば、子供もいる。陽射しの下で駆け回る子供たちの姿は、見ていて気持ちがいい。

微笑みながら子供たちを見やり、歩いていると、親らしき細長い顔の若い男が、声をかけてきた。

「こんにちは。あなた、新人更生官の方ですよね」

「そうですけど……失礼ですが？」

「私、よくあなた方が来てくださるレストランでシェフをしている者です」

「じゃあ、タウンエリアの？」

耕平の言葉に、男はうなずいた。

「いつも賑《にぎ》やかだし、新人さん同士でああやって集まるってのは、めずらしいですから、なんとなく覚えてましてて。それで声をかけたんです」

「そうですか。いつも、うるさくてすいません」

「いいんですよ。あのくらい賑やかなほうが、私たちもうれしい。更生所内という場所柄か、利用してくださるみなさんもどこか物静かですからね。あ、申し遅れました、国見《くにみ》と言います」

男が手を差し出してきた。

「若林です」

耕平は、出された手を握った。

「どちらへ行かれるんです？」

「港でも見に行こうかと思って」

「そうですか。お急ぎですか？」

「いえ、とくに急いでるわけじゃ……」

「だったら、うちに来ませんか？　昼食ぐらいならごちそうしますよ」

「いや、それは申し訳ない――」

「そう遠慮なさらずに。ケン！　先に、帰ってるからな！」

国見が子供たちに声をかけると、小学校低学年くらいの男の子が大きくうなずいた。

「大丈夫なんですか、子供たちだけで」

「心配いりませんよ。ここには、都会のような危険はほとんどない。それに、島民の誰かが見ていてくれるんで、何かあればすぐ、報せてくれます。都会が失ったいいところが、ここには残ってるんですよ」

国見は言いながら、細くて勾配のきつい坂道を上っていった。

「港へは、何をしに？」

「ただ見たかっただけなんです。この島に来て間もないし、降りたのは空港ですから。それに、脱走者が出てから、港は更生所の管理下に置かれたというから、どうなってるのかと思いまして」

「管理下に置かれたと言っても、変わりないですよ。更生官の制服を着た人たちが数人、常駐しているだけです」

「脱走者が出た時、国見さんはもうこちらに？」

「ええ。あの時は、大変でした。元々、この島は犯罪と無縁の土地でしたからね。島民からしてみれば、事件らしい事件は、あの時が初めてだったんじゃないでしょうか」

「何事もなかったんですか？」

「はい。脱走者はいち早く港から出ることしか考えてなかったようですし、更生所も特別班をすぐ送り込んで、各家に警備員を配置しましたから。もちろん、一部には、更生所を取り壊せという意見も出ましたけどね。ここです」

話しながら歩いていると、薄い黄色の壁の平たい家にたどり着いた。

「おもしろい形の家ですね」

「内地にはありませんね、こんなブロックみたいな家は。でも、台風が来る土地では、平たい家じゃないと飛ばされてしまいますからね。周りを見てください。何か気づきませんか？」

国見が周りの家の屋根を指した。

「タンク……ですか？」

「ええ。ＡＩＯが来て、海水の淡水化装置が付いたんですが、それでも民間の家まで回すには不充分ですからね。いまだに水は、それぞれの家で溜めるようになってるんです。どうぞ」

国見が手招きした。開けっ放しの玄関から、家の中へ入っていく。

低い土間を上がり、廊下を奥へ進んで、リビングに入る。中は、外観から想像するより広かった。

ソファーには半袖のワンピースを着た女性が座り、テレビを観ていた。音に気づいて、振り返る。

「あら、おかえりなさい」

笑顔を作って立ち上がり、耕平に会釈《えしゃく》する。耕平も、頭を下げた。

「こちら、新人更生官の若林さんだ」

「国見の家内です。よろしく」

「こちらこそ、いきなりおじゃましてすいません」

「いいんですよ」

「美砂《みさ》。ソーミンチャンプルーとチャンポン作ってくれ」

国見が言うと、美砂は立ち上がって、台所へ消えた。

「どうぞ」

耕平は、国見に手招かれるまま、カウチソファーに腰を下ろした。国見も、台所へ消えた。少しして、泡盛《あわもり》とグラスと氷を載せたトレーを持って戻ってくる。

「飲むほうは、大丈夫ですよね」

「ええ。あまりお気遣いなさらないでください。それにしても、麺物を二種類、食べるんですか？」

「ああ、そうか。若林さんは、来たばかりだから、知らないんですね」

国見は、笑いながらグラスに氷を入れ、泡盛を注いだ。

「ここのチャンポンは、内地で言うチャンポンと少し違うんですよ」

「どう違うんです？」

「まあ、それは出てきてからのお楽しみということで。さあ、まず一杯」

国見がグラスを差し出した。耕平は、出されたグラスを取り、持ち上げた。

「じゃあ、これからもよろしくということで」

「こちらこそ」

耕平がグラスを差し出す。乾杯をすませて、泡盛を口に運ぶ。

「んっ……うまいですね、この泡盛。クセもあんまりなくて、でも、喉越しは濃厚で」

「これ、うちの更生所内で作ってるブランドですよ」

「えっ、これが？」

耕平は、グラスに入った泡盛をマジマジと見た。

「シマ……泡盛のことを島酒と言うんで、シマと呼ぶんですけどね。シマの中でも、ここで作る泡盛は、若くてもうまいんです。知ってる人には、人気がありますね。ですから、醸造所で働く更生者たちの出所は早いですよ。それだけ稼げますから」

「中でもやっぱり、いい職場と悪い職場があるんですか？」

「もちろんです。自動車整備なんかは、更生官が使うものと搬出入業者のトラックなんかが悪くなった時以外、出番がありませんからね。当然、実入りが悪くなる。それに比べて、マンゴーやサトウキビの加工場、それに泡盛の醸造所なんかは、特産品で需要も高いから、実入りは大きい。それだけ、更生者たちの給料も高くなるんです」

「完全に、独立企業のような形を取っているというわけか……。国見さんは、こちらは長いんですか？」

「もう五年になります」

「以前はどちらに？」

「東京の店で働いてました。デフレのせいで働いてた店の経営も悪化して、どうしようかと言ってる時にここの募集を見て、それで決めたんです」

「東京からですか。奥さんも、息子さんも東京から？」

「ええ。初めは、猛烈に反対されましたけどね。今じゃ、家内も——」

話しているところに、美砂がソーミンチャンプルーを持ってきた。

「どうぞ。こんなものしかないですけど」

美砂が差し出したのは、本当にそうめんを炒めただけの物だった。具らしい具もない。炒めたそうめんの上にカツオ節が載っているだけだった。

美砂が、小皿と箸を耕平の前に置く。

「じゃあ、いただきます」

耕平は、そうめんを小皿に載せ、口にかき込んだ。

「……うまい！」

「そもそも、ソーミンチャンプルーというのは、食べるものがなかった時代に、内地から入ってきたそうめんを炒めて食べたのが始まりらしいんですよ。このシンプルなものが一番おいしい。沖縄の食文化には、感心させられました」

言いながら、国見もチャンプルーをする。食べていると、美砂がチャンポンを持ってきた。

「これが、チャンポンですか？」

耕平は出されたものを見て、目を丸くした。スパムの入った野菜炒めが、ご飯の上に載っている。

その様子を見て、国見と美砂は顔を見合わせ、微笑んだ。

「びっくりでしょ。私も、最初に出された時はびっくりしたんですよ」

美砂が言う。

「でしょうね……」

「こっちで、内地で言うチャンポンが食べたい時は、チャンポンメンと言わないと出てきませんよ。チャンプルーなんかも、ただチャンプルーと頼むと定食が出てくることもあるし。実におおらかというか。でも、そういう違いもおもしろいものです。どうぞ、食べてみてください」

国見に促され、耕平は小皿に取り、食べてみた。

「……これもおいしい。ポークの塩味が効いてて、いいですね」

「これが好きなら、こっちの食事は口に合ってるってことですよ」

国見が言う。

「私も最初は、脂だらけの食事は嫌だと思ってたんですけどね。島のおばーにいろいろ教わって作ってみたら、おいしくて。病気がちだった息子も、すっかり健康になりましたし。来た頃は東京に帰りたくて仕方なかったんだけど、今はこっちへ来てよかったと思ってるんですよ。うちのご近所さんも、私みたいな人たちが多いんですけど、みんな同じように、来てよかったと言ってます」

　美砂が言った。

「美砂。おまえも、一緒に飲もう」

「私、平良《たいら》さんちに行く用事があるの。若林さん、何もないですけど、ゆっくりしていってくださいね」

　美砂はそう言って、リビングから出ていった。

「いい奥さんですね」

「ええ。自分の妻のことを言うのもなんですが、本当によくやってくれてると思います。都会で育った女なのに、見知らぬ土地、何もないところで一生懸命、やってくれてますから」

　国見は感慨深げに目を閉じ、泡盛を口に含んだ。

「若林さん、ご結婚は？」

「僕は、独身です。予定はあったんですが、僕がここへ来ると告げた途端、御破算になってしまいまして……」

　耕平は、恵のことを思いだし、小さく息をついた。

「普通はそうですよ。こんな南の果てに好んで来たがる人は、そうそういません。でも、きっと、それでもいいと言ってくれる人が見つかりますよ。なんでしたら、紹介しましょうか？」

「そこまでお世話になるわけには。自分でなんとかしますから」

「余計なお世話でしたね」

国見と耕平が笑い合う。

「不思議ですね。さっき、お互いの名前を知ったばかりなのに、なんだか昔からの知り合いのような気がしてます」

「きっと、この島の雰囲気や気候のせいなんでしょう。いつも暖かくて、どこかゆっくりと時が流れてる。トゲトゲしい空気がまるでない。更生所内にも、どこかそういう雰囲気がありますもんね。刑務所だというのに」

「ホントですね。僕は、ＩＴエリアビルの学習ルームに配属されたんですけど、昼間なんか、眠くなってしまいますし。あ、ここだけの話にしてくださいね」

「わかってますよ。学習ルームというと、藤浦って更生者が出入りしてませんか？」

「知ってるんですか？」

「本人を見たことはないんですけど、先輩に話を聞いたことがあります。変わった更生者らしいですね。私がちょうどこっちへ来たばかりの時、彼はシミュレーションエリアにいたんですよ」

「えっ？　じゃあ、出所前だったんですか？」

「みたいですよ。レストランに来ては、酒を片手に更生官に議論をふっかけて。しまいには、真壁主任更生官に議論をふっかけて怒らせ、抗弁だってことで連れ戻されて、出所をフイにしたらしいですから」

「そうなんですか……」

「なんでも、私が聞いた話だと、その手で新人を怒らせて、賠償金をもらい、それで出所しようとしてたとか」

「実は、今もそうなんですよ。さっそくふっかけられてます」

「どんな感じなんです？」

「どんなって、そうですねえ。一見、どこにでもいそうな中年男性なんだけど、ふと見せる眼は鋭くて、正直、怖いと感じます」

「やっぱり、犯罪者なんですね……」

「でも、それを除けば、ただの偏屈オヤジですよ。とにかく、ああ言えばこう言う。また、トゲのある口調で絡んでくるものですから、つい、カッとなるんです。先輩からは相手にするなと言われましたけどね」

「そうなんですか。私が聞いた話では、藤浦って人の言ってることは、それほど変でもないらしいということだったんですけど。やっぱり、偏屈だったんですね」

「議論好きという感じです」

泡盛のせいか、耕平の口がなめらかになっていた。耕平は、手酌で泡盛を注ぎ、一口飲んで、国見を見た。

「そうそう。国見さんだったら聞いたことあるかもしれないな。真壁班というのを知ってますか？」

口にした途端、国見が一瞬、真顔になった。グラスに残っていた泡盛を飲み干し、手酌で注ぐ。

「どこでそれを？」

「僕の同期でいつもレストランで一緒に食事する女性がいるでしょう。彼女が、舎房管理ビル内で働いてまして。そこでそういう噂《うわさ》を聞いたらしいんですよ」

「私は、知りません」

「そうですか……」

「知りませんが――」

国見は、グッと泡盛を飲み干した。そして、耕平を見つめる。

「ここにいたいんであれば、あまり内部事情をあれこれ詮索しない方がいいですよ」

「どういうことです……？」

「あまり、そういう根も葉もない噂は、口にしない方がいいということです。すいません、私も用事を思い出しました」

「え、ああ……突然、おじゃまして、ごちそうにまでなってありがとうございました」

「いいえ。また、いらしてください」

国見はさっきまでの親しげな口調とは違い、社交辞令のような素っ気ない口調で言うと、そそくさと耕平を玄関まで送り出した。

表に出た耕平は、怪訝そうな顔で国見の家を振り返り見て、そのまま歩き去った。

5

『根も葉もない噂は、口にしないほうがいい』

耕平は、国見から言われたことがずっと気になっていた。

「更生官……更生官！」

「え、あ、はい」

振り向くと、藤浦が呼びかけていた。

「いい気なもんだな、あんたらは。ボーッとしてても給料もらえるんだから」

「僕だって、たまにはボーッとすることぐらいありますよ」

耕平は、藤浦の前の席に腰を下ろした。

チラッと管理室を見やる。ガラス窓の向こうから、須間が険しい表情で耕平を睨みつけている。

耕平は、笑顔で須間に小さくうなずき、藤浦に向き直った。

「いつも、何を読んでるんです？」

耕平は、自分から話しかけ、藤浦が持っている本を覗き込んだ。

「……イソップ？　童話を読んでるんですか？」

「バカにしてるんだろ。童話だって、立派な文学だ。そんなこともわからないのか」

「わかってますよ。ただ、藤浦さんが童話を読んでるのが、あまりにギャップがあって驚いただけですよ」

耕平の言葉に、藤浦が険しい顔をする。周りの更生者たちも、びっくりした表情で耕平を見やる。

が、当の耕平は、笑顔のままだった。

「驚いたとは、どういうことだ……」

「藤浦さんの議論巧者ぶりからすれば、驚くのは当然でしょう。藤浦さんの議論の元が、童話なんですから。僕はまた、小難しい経済書や哲学書でも読んでるのかと思いましたよ」

「差別発言だな。更生官がそんな発言をしていいと思ってるのか」

「じゃあ聞きますが、藤浦さんはなぜ、新人ばかりに議論をふっかけるんでしょうか？」

「別に限定はしていない」

「いや、そうは思えない。現に、このフロアには僕と須間さんがいるのに、須間さんに議論をふっかけるようなことはしない。この事実をどう説明されます？」

「それは、フロアを歩いているのがあんただからだ」

「じゃあ、須間さんがフロアを歩いていれば、僕と同じように須間さんに議論をふっかけるんですね。わかりました。そうしましょう」

耕平が立ち上がりかけた。

「おいっ！」

急に藤浦が大声を出す。本を閉じ、ゆっくりと立ち上がった。

「勝ったと思うなよ」

藤浦は、凄《すご》みを瞳の奥に覗かせて、学習ルームを出ていこうとする。

「待ってください」

耕平は、藤浦を呼び止めた。藤浦が、テーブルに手をついて、睨みつけてくる。

「こないだの善と悪の設問ですが。あなたはイソップ好きなところを見ると、性悪説に立って話されているようだが、僕はたとえ人間の本質がそうであっても、性善説を信じたい」

耕平はジッと、藤浦を見つめ返した。

ていく。

藤浦は吐き捨て、部屋から出ていった。藤浦のあとから、コソコソと三人の更生者も出
藤浦たちの姿を見送った耕平は、目を閉じて深く息をついた。

と、田口が声をかけてきた。

「センセ、やるなあ」

声に気づいて、顔を起こす。見ると、残っていた更生者たちも、微笑んで耕平を見つめていた。

「いやあ、あんなに見事な口上で、藤浦を負かしたのを見たのは初めてだ。スカッとしたよ」

「ホントホント。あの藤浦って野郎、何考えてるかわかんねえから、不気味でしょうがなかったんだよ。藤浦みてえにかき回そうって腹の連中も集まってくるしな」

セイが、腕に巻いたギプスをさすりながら言う。

「仲間じゃないんですか？」

「あとから出ていった連中は知らねえが、藤浦はつるんじゃいねえよ」

「セイさんの言う通りだ、センセ。あの野郎が誰かとつるむなんてことはありえないよ」

「どういうことです？」

「ヤツのやらかしたことを知りゃあ、わかるってもんだ。あんなヤツとつるむヤツはいねえよ」

田口が調子に乗って話していると、管理室のドアが開いた。

「おっと、サル公が出てきやがった」

田口は顔を伏せ、小声で言った。

「サル公？」

「あいつ、俺らにはエラそうな顔を見せて、何かあるとすぐ上にチクるくせに、藤浦みたいな連中には事なかれ主義で何も言わねえ。キョロキョロ、キョロキョロ、あちこちの顔色ばっか見てるから、俺たちの間じゃ、サル公って呼んでんだ」

「若林君！」

須間の声がかかる。

「言うなよ、センセ」

そう言う田口に、耕平は小さくうなずいて、管理室へ戻っていく。須間は、顎で部屋へ入るようにと命ずる。

耕平が部屋へ入ると、須間はドアを閉めた。

「藤浦は、放っておけと言っただろう」

「ですが、話しかけてくるのは向こうですから、まるっきり相手にしないというわけにもいきません。それに、彼が今でも賠償を取って、刑期を減らそうとしているなら、その考えは改めさせるべきです。それが、僕らの仕事ではないんですか？」

「更生者のすべてを更生できるわけじゃない」

「だからといって、最初から何もしないというのは、おかしいと思いますが」

耕平はまっすぐ、須間を見据えた。須間もしばらく見返していたが、小さく息をついて、目を伏せた。

「もういい。現場に戻りなさい」

「失礼します」

耕平は直立して見せ、管理室を出た。

「サル公か……」

耕平は少し笑みを浮かべ、フロアに戻った。

6

仕事を終えた耕平は、その足で、管理センタービル内にある資料室に出向いた。

ここには、十台のパソコン端末が置かれていて、更生官や更生者の履歴を見ることができる。基本的に、更生官なら誰でも個人資料を閲覧できるようになっていた。

耕平は、ＩＤカードを通し、資料室へ入った。空いている端末を探しながら、フロアを歩く。

仁美の姿があった。耕平は後ろから肩を軽く叩いた。

「あら、若林さん。どうしたの？」

「ちょっと調べたいことがあってね。でも、端末が空いてないんだ」

「よければ、ここ使って。私はもうすぐ終わるから。時間かかるの？」

「いや、そう時間はかからないと思うけど」

「だったら、一緒に食事しない？　私もこれで今日の作業は終わりだから」

「いいね」

耕平は微笑んだ。

仁美はデータをフロッピーに落とし、電源を切ろうとした。

「あ、切らなくても」

「ここ、初めて？」

「そうだけど」

「つなぐ時は、ここに個人のＩＤカードを差し込まないと使えないのよ」

仁美は言いながら電源を切り、デスク脇にあるリーダーから、カードを取り出した。

「一種のセキュリティーね。誰がどのデータにアクセスしたかというのも記録されるから、情報の横流しはできないってこと」

「なるほどな」

耕平はうなずいて、イスに腰を下ろした。

「じゃあ私、先にいつものレストランに行ってるわね」

仁美は耕平の肩をポンと叩いて、部屋から出ていった。

「これも個人情報だからな」

耕平はＩＤカードを差し込み、電源を入れた。データが読み込まれ、画面が立ち上がる。トップページから、更生者リストの欄をクリックし、検索スペースに〝藤浦〟と打ち込む。五秒もせずに、全国の更生者の中から、藤浦という名字の人物を三名、捜し出した。各個人の簡単な履歴が表示されている。耕平は、ＡＩＯ第一更生所に入所中と記された藤浦功《いさお》という名前をクリックした。

すぐ、あの藤浦の写真が載ったデータが画面に表示された。四十五歳、東京の向島《むこうじま》出身と書いてある。最終学歴は高卒。しかし、職歴は不明となっている。

耕平は、ゆっくりと画面を下へスクロールしながら、中身を読んでいった。

犯歴が現われる。窃盗や強盗、傷害、暴行、なんでもやっているといった感じだった。が、直接、更生所へ送られることになった犯歴を見た瞬間、耕平は目を見開いた。

「なんてヤツだ……」

耕平は、マウスを握ったまま、少しの間動けなかった。

耕平がレストランへ入ると、シェフの帽子を被った国見に出くわした。

「国見さん」

声をかける。国見は、耕平の方を見た。が、なぜか耕平から視線を逸らした。

「昨日はどうもごちそうさまでした」

「いえ。忙しいんで、失礼します」

国見は、耕平から逃げるように、厨房へと駆け込んでいった。

耕平は、国見の様子に首を傾げながら、仁美の待つ席へ歩いていった。

「どうしたの？　知り合い？」

「……まあね」

「それより、何調べてたの？」

「藤浦のことだよ」

「こないだ言ってた、偏屈な更生者のことよね。どうだった？　今日、会ったんでしょ」

「ああ。言う通り、真正面から受けて立ったら、部屋から逃げ出していったよ」

「よかったじゃない。何か他に、気になることでもあったの？」

「そのあとで、他の更生者と話してたら、藤浦はつるむようなヤツじゃないと言うんだ。ヤツのやったことを知れば、そんな気にならないと。それで、調べてみたんだが……」

「何をしでかした人なの？」

「藤浦は、ある宝石店強盗事件の主犯格らしいんだが、宝石を奪ったあと、仲間を一人残らず虐殺《ぎゃくさつ》して、手に入れた宝石を独り占めしたらしい」

「そんなひどいことを……」

仁美も目を丸くする。

「ここへ送られてきたんだから、確かな情報なんだろうけど」

「けど……？」

「そういう人には見えないんだ、あの藤浦という男は。たしかに変わり者だろうけど、平気で何人もの人間を虐殺するような人にはとても見えない。彼なら、もっと冷静な判断を下すと思うんだが」

「それは、わからないわよ。私のところにくる更生者のなかに、文字通り、虫も殺せないような清楚《せいそ》な見た目の女性がいるんだけど、彼女は三股かけていた交際相手全員を殺害したのよ。今ではそんな片鱗《へんりん》すら見せないけど。人の心の奥に潜む闇は、なかなか顔を出さないものよ。だから私も、接した更生者の履歴を毎日、ああして資料室へ取りに行ってるの。その場の話だけじゃ、わからない部分もあるから」

「そっか……。そうだ、イソップ好きな人の心理はわかるか？」

「イソップ？　寓話《ぐうわ》のイソップのこと？」

仁美の言葉に、耕平がうなずく。

「そうね……。イソップの物語って、一般的には道徳書のように思われてるでしょう。でも、心理学の世界では、違う見方もあるのよ」

話している途中で、ウエイトレスがビールジョッキを二つ持ってやってきた。

「あれ、僕はまだ頼んでないけど」

「私が頼んどいたの。他のがよかった？」

「ならいいんだ」

耕平はジョッキを持ち上げた。仁美もジョッキを持ち上げ、口へ運ぶ。一息ついて、話の続きを始めた。

「オオカミ少年の話、知ってるでしょ？」

「何度も嘘をついて騒ぎを起こして、最後に本物のオオカミが出てきてって話だね」

仁美がうなずく。

「大人たちがあの話をするときは必ず、ウソをついちゃいけないという教訓として使う。けど、心理学者の中には、いくらウソをつかれても、その中にある一つの真実を聞き逃してはいけないという教訓だと言う人もいるの」

「なるほどね……」

「イソップの寓話は、よく読んでみるとすべてにそういう両極端な教訓を含むものが多いらしいわね。また、著者のイソップという人物は、紀元前六世紀、ギリシアに実在した奴隷だとも言われてる。そのせいか、全編に虐《しいた》げられた人の目から見た虚実が描かれていると解釈する人もいる。そう考えると、イソップ好きは二つのタイプが考えられるわね」

「二つ？」

「ええ。まず一つは、非常に道徳的に捉える一般社会で常識人と呼ばれる人。これが大半でしょうけど」

「もう一つは？」

「通常の概念を超えたところにある虚と実を見抜ける人。または、見ようとしている人」

「概念を超えた虚と実……」

「まあでも、いい年になって、イソップ童話を毎日読みふけってるというのも、変わり者だとは思うけど。それに、犯した犯罪や好戦的な性格から考えると、ある種の狂信性を持った人かもしれないわね。こういう人は、時として爆発することも多いから、気をつけてね」

「わかった……」

耕平はうなずいた。

# 7

それから五日後。しばらく顔を見せなかった藤浦が、ふらりと学習ルームへ現われた。耕平と話していた田口やセイの口が、ピタリと止まる。田口たちは、藤浦と目を合わせないように、顔を伏せた。

藤浦は古ぼけたカバーのイソップの寓話を取り、いつも座っている窓際の席へ腰を下ろした。

耕平は、大きく息をして立ち上がった。

「センセ、やめときなって……」

田口が小声で言う。が、耕平は微笑みを返して、藤浦の前に座った。

藤浦は、本に目を落としたまま、耕平を見ようともしなかった。

「今日もイソップですか」

話しかけるが、完全に無視する。

「今度は、無言で対抗ですか。意外と、あっさりしてるんですね。負けても」

耕平が挑発的な言葉をかける。と、藤浦はテーブルに叩きつける勢いで本を閉じた。

物音にビクッとした田口とセイが、あわてて奥の席へ逃げる。

藤浦は、ゆっくりと顔を上げ、耕平を睨みつけた。

「何が目的だ？」

「僕は、あなたとことん話してみたいだけです。今なら、須間さんもいない。邪魔する者はいませんから」

「そんなに俺を怒らせて、科料を加えたいのか」

「怒らなければいいでしょ。更生官と話すだけでは、科料は足されない。どころか、適度に会話ができるという評価を受けて、あなたのプラスになる」

「そうか。なら、話してやろうじゃないか。何を話すんだ？」

「あなたの犯歴を読みました」

耕平は、いきなり切り出した。藤浦が一瞬、目尻をヒクリとさせる。

他の更生者たちは、いたたまれず席を立った。田口やセイも席を立つ。

「じゃあ、センセ。また明日」

田口たちはそう言って、そそくさと部屋から出ていった。

気づけば、部屋にいるのは藤浦と耕平だけになっていた。

「ほらみろ。あんたのせいで、他の連中、出ていっちまったじゃないか」

「田口さんたちは、また来ます。しかし、あなたは今度、いつ来るかわからない」

「呼ばれりゃ来てやるぜ、いつでも」

藤浦は口辺を歪めた。その笑みを見た途端、犯歴が耕平の脳裏をよぎる。耕平は引きつりそうになる頰に笑みを浮かべた。

「正直に言いますと、僕にはあなたが、あんな残酷な犯罪を犯したなんて思えないんです。どういうことなのか、説明してもらえませんか？」

「おいおい。取り調べでも始める気か？　あんた、検事にでもなったつもりか」

「違います。どうしてもわからないんです。あなたのように頭がよくて、見識も持ち合わせていそうな人が、仲間を皆殺しにして、奪った宝石を独り占めしたなんていうのは」

「頭がいい？　見識があるだと？　こいつあ、いい」

藤浦は腕を組んで仰《の》け反《ぞ》り、部屋に響き渡るほど大声で笑い始めた。

「何がおかしいんですか」

「あんた、善人ぶるにも程がある。ムショに来る連中のどこに、頭がよくて、見識があるんだ？　そんなもん持ち合わせてねえから、パクられるようなことをするんだろうが」

「しかし、それには理由が――」

詰め寄ろうと身を乗り出した瞬間、藤浦が上半身を起こし、腕を伸ばしてきた。耕平の胸ぐらをつかみ、引き寄せる。細腕のわりに、力は強かった。首の根元が締まって、息苦しい。

藤浦は鼻先がくっつくぐらい顔を寄せて睨み据えた。

「悪いことするのに、理由なんざねえんだよ。そんなもん、みんな後付けだ。あんたのお人好しぶりはわかったがな。そんな目ん玉じゃ、何も見えてこねえぞ。理屈で考えてねえで、ここでモノを見ろ、ここで」

藤浦は、胸ぐらを握ったまま、ガンガンと胸下を小突いてきた。関節がめり込むたびに、息が詰まる。

そこに、昼食に出ていた須間が戻ってきた。

「こら、何をやってる！」

怒鳴って、藤浦と耕平のもとに駆け寄ってくる。藤浦は、パッと手を離して、イスに座り直した。

「貴様、更生官に手を出したな！」

「とんでもない。腕相撲しようとしてただけですよ。ねえ、若林更生官」

「え、ええ……なんでもありません」

「なんでもないわけが――」

須間は、藤浦を見た。藤浦は下から静かに須間を睨み上げた。

途端に、須間の頬が引きつる。すぐ、黒目をよそに向けた。

「君たちがそう言うなら、そうなのだろう。まぎらわしい行動は慎《つつし》んでもらいたい。わかったな」

須間はそう言うと、管理室へ戻っていった。

耕平は胸元をさすって息を継いだ。太腿に置いた左手が、わずかに震えている。しかし、勇気を振り絞って、顔を上げた。藤浦を見据える。

藤浦は、顎を少し上げ、ジッと耕平を見つめた。

「その目だ。忘れるな」

藤浦はそう言うと、ゆっくり立ち上がって、部屋から出ていった。

藤浦の姿がドア口から消えた途端、また耕平の指先が震えだした。

8

井手は、照屋と共に日中特別監視のため、懲罰房へ来ていた。

その時、食事も運んだ。食事は、いったん第七舎房のP房前にある特別診療所に運ばれた。

二人はそこから、房と外壁の間の細い路地を通り、監視塔脇の扉まで出た。

「こんなところに、扉が……」

井手は、周りを見た。狭い通路に突き出した監視塔の一部に、鉄のドアが取り付けられていた。ブロック塀に隔《へだ》てられていて、舎房管理ビルから続く廊下側からは見ることができない。

「この扉は、地下倉庫にある武器を運び出すためのものだ。が、一部の者しか知らない。本来なら、我々ヒラの更生官には教えられることのない場所だ。そのことを肝に銘じて、何があっても、この扉のことは口にするな。もし外部に漏れた場合、有無を言わさず新人が外へ漏らしたということになり、君が懲罰を受けることになる。万が一、そういう素振りを見せる先輩がいる時は主任に報告しろ。わかったな」

「はい」

照屋はうなずいて、扉を開けた。中にはすぐエレベーターのドアがあった。ボタンは一つしかない。

ボタンを押すとすぐ、エレベーターのドアが開いた。照屋に促され、井手が食事を載せたワゴンをエレベーターに入れる。

間口のわりにエレベーター内の奥行きは深く、中が広く感じられた。

エレベーターを降りるとすぐに武器庫に出た。照屋に先導され、ワゴンを押して歩く井手は、まもなく懲罰房にたどり着いた。

夜勤をすませた監視員たちと交代する。中へ入り、扉を閉めると、照屋は出入口前に置かれているデスクのイスに腰を下ろした。

「井手。一人で配ってこい」

「一人で……ですか？」

「そうだ。もし、食おうとしない輩がいたら、しっかり指導してくるんだぞ」

「しかし、一人では逃亡される危険が……」

「逃亡はない。俺がここにいるからな」

照屋は、机の上に拳銃を置いた。

「真壁班の一員が、たかが囚人ごときに怯んでどうする。早く行ってこい。命令だ」

「はっ！」

井手は踵を合わせて、直立した。

照屋が、南京錠の鍵を差し出す。井手は、鍵を受け取り、伸縮警棒の紐《ひも》を手首にひっかけ、ワゴンのバーを握りしめて、ゆっくり房の奥へと進んでいった。

バーを握る手が汗ばむ。井手は、多家良の房の前で止まった。二、三度、大きく呼吸をして、南京錠に鍵を差し込む。

穴から錠を抜いた井手は、錆《さ》びた鉄扉を引き開けた。部屋の奥に、人影が見えた。

井手は、飯に野菜炒めをかけた皿と水の入ったコップをトレーに載せた。スプーンや箸は用意されていない。

左手にトレーを持った井手は、右手にかけた伸縮警棒の柄を握って振り出し、恐る恐る中へ入っていった。

ふと壁の端にいた多家良が顔を上げた。

「多家良。メシ——」

言いかけた瞬間、多家良がいきなり立ち上がり、井手めがけて走ってきた。

「うわあっ！」

長く伸びた髪の毛を振り乱して迫ってくる多家良に、井手は驚き、手に持ったトレーを落とした。

皿に盛られた食事が、井手の足下にこぼれる。

多家良は、井手の足下に食らいついてきた。

「やめろ、やめろ！」

井手は、多家良の頭部めがけて、警棒を振り下ろした。それでも多家良は、井手の足にしがみついてくる。

「やめろ！　離せ！」

顔を引きつらせた井手は、何度も何度も警棒を振り下ろした。自分でも、何がどうなっているのかわからなかった。

そのうち、足に絡みついていた多家良の腕が離れた。それでも井手は、多家良を殴り続けた。

「どうした、井手。井手！」

騒ぎを聞きつけ、駆け込んできた照屋は、警棒を振り下ろし続けている井手を、後ろから羽交い締めにした。

「何やってんだ！」

耳元で怒鳴る。と、ようやく井手は、我に返ったように動きを止めた。

「い……いきなり、襲いかかってきたんです」

「バカ野郎！　多家良は、メシのニオイを嗅ぐと駆け寄ってくるんだ。そんなこともわからなかったのか！」

「しかし、私の足にしがみついて……」

「おまえの足にしがみついたんじゃない。おまえの足下にこぼれたメシを食らおうとしただけだ。ズボンの裾を見てみろ」

井手は、ズボンの裾を見た。べっとりと張りついた米や野菜がかき取られ、汁の跡が残っていた。

「そんなことぐらいで動揺して、どうするんだ。真壁班の一員が！」

照屋は井手を怒鳴りつけて、屈み込んだ。血に染まった髪の毛をつかみ、顔を上げさせる。頰にへばりついた血が、くすんだコンクリートの床に滴《したた》っていた。

照屋は、手を離し、首筋に手を当てた。

「ちっ。くたばりやがった」

「くたばったとは……？」

「死んだってことだよ。おまえがその手で殺したんだ、多家良をな！」

「俺が、多家良を……」

井手は警棒の先を見た。多家良の血糊がへばりついている。目を見開いた井手は、警棒を離そうとした。

が、柄を握る右指は硬直し、手のひらに爪が食い込んでいた。

「離れろ……離れろ！」

井手はその場に突っ立って、震える手で右手の指を一本ずつ握り、引き剝がしていた。

「おまえは出てろ！」

照屋は、井手を突き飛ばした。

よろよろと外へ出た井手は、ワゴンにぶつかり、ワゴンごと通路に倒れた。積んでいたメシが床に散らばる。

井手は、倒れてもなお、指を引き剝がそうとしていた。

照屋は、無線で真壁に報告を入れ、房から出てきた。

「俺が……俺が……」

「何やってんだ、起きろ！」

照屋が井手の襟首を引っ張り起こした。井手が上半身だけ起こす。それでもまだ、井手は指を引き剝がそうとしていた。

「俺が……俺がああああ！」

井手は、涙を流しながら、手のひらに食い込んだ指を見つめていた。

照屋は屈んで、井手の肩に手を置いた。

「俺があああ……ああああああ……」

井手は、照屋の胸元に顔を埋《うず》めた。

「生きてたって仕方のないクズだ。気にするな。ゴキブリを踏み潰したのと変わらない。どっちみち、おまえが殺ってなくても、俺がいつか殴り殺してた」

「あああああ……」

「ゴミを掃除しただけだ！　しっかりしろ！」

照屋は、井手の肩を握り、平手打ちを食らわせた。

そこへ、真壁と監視員二名が入ってきた。照屋は屈んだまま、目で礼をした。

真壁は、多家良の房を覗き込んだ。血の海にまみれ、うつぶせている多家良を見て、小さく息をつく。

「仕方ないな。あとは我々に任せて、君は井手をP房の特別診療所まで連れて行って、寝かせてやれ。あとで、梶原に迎えに行かせるから、おまえと井手は島を出ろ。一週間の特別休暇を与える。気晴らしさせてこい」

「はい。行くぞ」

照屋は放心状態の井手の脇に肩を通し、立たせた。別の監視員が握られた伸縮警棒を井手の右指から引き剝がし、手首から抜き取った。

井手は照屋に抱えられ、足を引きずりながら懲罰房から出ていった。

二人の姿が見えなくなると、真壁に付いてきた監視員の一人が言った。

「こんな時期に厄介なマネを……。主任。ヤツはあんなので大丈夫ですかね？」

「犯罪者への憎悪も根性も充分あるヤツだと思っていたがな。もう少し様子を見て、使い物にならないようなら、こいつと共に処分しよう」

「遺体は、いつもの処理方法でいいですか？」

「かまわんが、準備を整えて、夜半に素早く実行しろ。内偵監査員の目が、どこで光っているかわからんからな」

「はい」

監視員の返事にうなずいた真壁は、険しい顔で多家良の屍を見下ろした。

# 第三章　忍び寄る牙

## 1

鹿島が本社ビルを出ると、待ち構えていたように黒塗りのハイヤーがロータリーに滑り込んできた。

鹿島は車の前で立ち止まった。運転手が降りてきて、後部シートのドアを開ける。中から、中江田が顔を覗かせた。

「今から、更生所を新設する各県の担当者との会合だろ。会場まで送っていくよ」

「私は、タクシーで」

「無駄に経費を使うこともないだろう。乗りたまえ」

中江田が、無理に笑みを浮かべてみせる。運転手も少し頭を下げた状態で、鹿島を促す。

鹿島は、口ひげをさすり、渋々車に乗り込んだ。後部ドアを閉めた運転手が、運転席へ戻ってくる。

「帝国ホテルでよかったんだな」

「ええ」

「やってくれ」

中江田が声をかけると、車は滑るように走り始めた。

鹿島は、前を向いたまま腕を組み、押し黙っていた。

中江田は、無愛想な鹿島に微笑みかけ、口を開いた。

「待ち伏せするような形で悪かったが、こうでもしないと、私の話を聞いてくれんと思ったんでな」

「私に話すことはありませんが」

「まあ、そう毛嫌いするな。同じ副社長という立場じゃないか」

「私は、あなたと同じ立場だとは思っていませんが」

「さすが、警察庁のキャリアから抜擢された五十前の男は違うね。言葉に自信が満ちあふれている。わしみたいに叩き上げてきた六十半ば男とは大違いだ」

「何が言いたいんですか。たいした用がないなら、私はここで降りますよ」

「そう急《せ》かすな。時間はたっぷりある」

中江田は言って、足を組んだ。

「君は、今の更生所のやり方をどう思ってる？」

「これでいいのではないかと思ってますが」

「そうだろうか？」

中江田は腕を組み、中指の先で黒縁メガネを押し上げた。

「総合収益は、各更生所平均十億ぐらいだ。しかし、人件費や設備投資、その他諸々を含めると、約七割の維持コストがかかっている。国や県からの補助金より、各自治体に支払う利益配分のほうが高い。ヘタをすればさらに一割、純利から差っ引かれる。さらに、借入金の返済で、一割削られる。これだけ手間暇かけたわりに、純利がややもすれば一割にも満たない。これは、一企業としてあるまじき姿ではないかね？」

訊きながら、鹿島の顔を覗き込む。

が、鹿島は前を向いたまま、仏頂面を変えなかった。

「今のところ、所内事業も、コンピューター関連事業を中心にかろうじて黒字経営で治まっているが、ITバブルの崩壊とデフレで、全体の総売上も頭打ちになっている。そんな状況下で、さらなる更生所の増設をする必要があるのかね？」

「AIOの目標は、四十七都道府県に最低一ヶ所、更生所を設立することです」

「目標は、あくまで目標。最近では、我が社の売上を見て、遊休地を無償提供せず、買わせようとする自治体も出てきている。土地の購入費まで、建設費に加算されるとなると、たちまち資金繰りは悪化するぞ。そうなれば、いくら国の後ろ立てがあるとはいえ、企業としてやっていけなくなる。それこそ、本末転倒だ。違うかね」

「そんなことはわかっています。いったい、何が言いたいんですか。回りくどい言い方はやめてください」

鹿島は、イラついた様子で、眉間に皺を寄せた。

「わしと共に、システムの大改造をしてみんかね」

「システムの改造？　どうすると言うんです」

「まず、更生者の一般派遣。我々の管理下で、更生者を一般企業に派遣し、安い労働力を提供する。その際、我が社は派遣料を徴収する。現在、一万人の更生者のうち、一般企業に派遣できる人材は約六千。彼らの派遣料として、一人二万円徴収すると、月収益がざっと一億二千万。年間十四億四千万になる。しかも、就労施設にかけるコストも大幅に削減できるし、派遣された更生者たちの賃金に合わせて、現在の労役手当てを減額すれば、さらに年間二億程度のコストダウンを見込める。人を動かすだけで、今より年間十六から十七億の増益になる」

「それではただの人材派遣会社に――」

「まあ、聞きたまえ。次に収容率の問題だが、今の箱数の八十パーセントでは、無駄が多すぎる。収容率をほぼ百パーセントにすれば、今の箱であと二千人の更生者を収監できる。そのうち、派遣に回せるのが千五百人だとすれば、月収益三千万。年間約四億の増収になる」

中江田は、組んでいた足を解いて、鹿島ににじり寄った。

「最後に、更生者の問題だが、現在更生所で扱っている犯罪者の中には、更生が不可能な人間も多い。そんな彼らを養うだけで、一更生所あたり年間二億近い予算が無駄に浪費されている。そこでだ。一般刑務所に入っている受刑者で、更生能力のある者と、我が社の施設にいながら更生能力のない者をトレードし、更生者たちを十割に近い形で使える体制にする。そうすれば、さらに倍、いや倍以上の増収を見込める。つまり、更生者の動かし方次第では、現在のままでも百億近い収益を上げることができるのだ」

「そんなことができると思っているんですか？　一般刑務所と民間刑務所の受刑者をトレードするなんてこと」

「だから、君に協力してほしいと言っておるんだ。君は、警察庁、公安委員会と太いパイプを持っている。わし一人ではできかねるが、君と手を組めば、間違いなくこのシステムを導入できる。わしはね、鹿島君。ＡＩＯの将来を心配して言っとるんだよ。ＰＦＩ基本法が制定されてから、わしと相生社長が二人三脚で、今の更生所を作り上げた。しかし、今のままでは、手塩にかけたこのシステムが崩れ去ってしまう。わしは、見ておれんのだよ。だから――」

「お断りします」

「鹿島君！」

中江田の顔から、笑みが消えた。

「じゃあ、君はこれからのＡＩＯ更生所経営をどうするつもりだね！」

強い口調で詰め寄る。

「ワークエリアの就労施設は、単なる利益を生み出すものではない。更生者のリハビリも兼ねているものです。利益追求しかしない一般企業の設備とは目的が違う。それに、ＩＴバブルが崩壊したといっても、コンピューター関連事業の需要はなくならない。更生所で作っているモノは、各地の伝統を継承するという意味合いも含め、主にその土地土地の特産品を中心に展開していますから、デフレの波も受けない。さらに言えば、更生能力のない更生者などいません」

「君は、現実を見ているのか！」

「現実は知っています。が、我々の仕事に大切なのは、理想理念です。犯罪を犯してしまった者たちを、一般社会に復帰させるという責任と大義です。あなたには、理念も大義もなさ過ぎる。だから、最高責任者の地位も与えられなかったんです」

「鹿島君！　言うにも程があるぞ」

中江田は、目元が皺くちゃになるほど、険しい縦皺を眉間に立てた。が、鹿島は表情を変えず、言葉を続けた。

「私は、相生社長の理念に賛同して、キャリアを捨て、ＡＩＯへ来たんです。私も相生社長も常に、どうしたら、より更生者を更生させられるのかということしか考えていない。あなたとは主眼が違う。停めてくれ」

鹿島が運転手に声をかけた。

車がスッと路肩に寄る。鹿島は自分でドアを開いた。そして、片足を車外に出し、中江田を見据えた。

「この鹿島。金で動くと思ったら、大間違いですよ。見くびらないでもらいたい」

静かに、しかし力強い口調でそう言い、車を降りる。鹿島は、そのままハイヤーの後ろに回り、流しのタクシーを拾って乗り込んだ。

運転手が、タクシーをやり過ごし、リアを回って、開けっ放しの後部ドアを閉める。そして、小走りで運転席に戻った。

「どちらへ」

「家だ！」

中江田は、鼻息荒く怒鳴った。運転手は、バックミラーで中江田の様子を窺《うかが》い、アクセルを踏み込んだ。

「若造が……」

中江田はつぶやき、車窓に流れる景色を睨みつけた。

2

「釘宮！　何やっとるか！　早く、フルーツの検品をすませろ！」

「すいません！」

釘宮は、伝票ボードを片手に、箱詰めにされたマンゴーのフタを開け、果物自体や敷物の裏などを細かく調べていた。

トラックの脇では、業者が座り込んでタバコを吸いながら、時折あくびをし、釘宮の様子を見ている。

その視線を感じるほどに、釘宮は焦った。

もう、夜も更けてきていた。他の先輩たちが検品していた商品は、次々と運び出され、釘宮が担当している商品だけがまだ、山積みになっていた。

「えーと、一、二、三……」

釘宮が敷物の裏を見ようと、紙の端を持ち上げた瞬間、詰めていたマンゴーがこぼれだし、通路に転がった。

「あっ！」

あわてて追いかける。と、後ろから来たトラックが、クラクションを鳴らした。

釘宮は、びっくりして後ろに飛び退《の》き、尻餅をついた。

「バカ野郎、殺されてえのか！」

「すいません、すいません！」

釘宮は、トラックの助手に怒鳴られ、何度も何度も頭を下げた。

トラックが行き過ぎる。こぼれたマンゴーは、トラックのタイヤに轢《ひ》かれ、見事なまでに原型を失っていた。

「どうしよう……」

「釘宮！」

見るに見かねて、担当官が駆け寄ってきた。

「おまえは、何をやってるんだ！」

みんなが見ている前で、担当官は手に持っていたボードで釘宮の頭を叩いた。

釘宮は、肩をすぼめて丸くなり、うなだれた。

「もう、二週間にもなるのに、マンゴー箱一つ、満足に数えられないとはな。もういい。今日は上がれ！」

「いえ、最後まで――」

「おまえがいると、作業が進まないんだよ。わかったら、宿舎へ戻って反省してろ！」

担当官は、釘宮の手から、伝票ボードを取り上げた。

「すいませんでした」

釘宮は、深々と頭を下げた。チラッと視線だけ上げて周りを見る。

首を横に振る先輩や、あからさまに釘宮を睨みつけている先輩もいる。業者の運転手は、釘宮を見やり、鼻で笑っていた。

釘宮は、下唇を噛みしめ、うつむいたまま通路を横切ろうとした。

「危ないぞ！」

担当官の声が聞こえ、釘宮は顔を起こした。すぐ目の前を、乗用車が通り過ぎていく。

「えっ……？」

釘宮は、通りすぎた車のリアウインドを見つめた。

「井手さん？　こんな夜遅くに、どこへ……」

突っ立っていると、また担当官の怒鳴り声が聞こえてきた。

「釘宮！　死にたいのか、おまえは！　だったら、そのまま轢かれてしまえ！」

担当官の罵声《ばせい》に笑う声が聞こえてくる。

「轢かれちまえはないよなあ……」

いたたまれず、その場から走って逃げたかった釘宮だったが、涙を堪《こら》えて下唇を噛みしめた。

耕平が、部屋で泡盛を飲みながら本を読んでいると、ドアベルが鳴った。

「誰だ……？」

耕平は本をテーブルに置いてソファーを立ち、玄関に向かい、ドアを開けてみる。

「釘宮」

「すいません……こんな遅くに」

釘宮は、制服を着たまま、ドア前でうなだれていた。

「まあ、入りなよ」

耕平は、釘宮を部屋へ招き入れた。

小柄な釘宮がますます小さく見えた。奥へ進んだ釘宮は、ソファーの端にちょこんと座った。

「シマ飲んでるんだけど、いるか？」

耕平の言葉に、釘宮がうなずく。耕平はグラスを出して氷を入れ、泡盛を半分ほどグラスに注いで、水で割った。

棒でかき混ぜ、釘宮の前に差し出す。釘宮はうつむいたまま受け取り、一口含んで、グラスの中の氷をカラカラと回し、見つめていた。

耕平は、差し向かいにデスクのイスを引っ張ってきて座り、ジッと釘宮を見つめていた。

釘宮は、泡盛を一気に飲み干し、うつむいたまま口を開いた。

「俺もう……辞めたいっす」

「辞めるって、何があったんだよ」

「実は――」

しばらく押し黙っていた釘宮が、堰《せき》を切ったようにしゃべり始めた。

ストレートで泡盛をつぎ足し、喉に流し込んでは、今までの失敗談を語っていく。よほど、溜まっていたのだろう。

「――急いで検品しなきゃならないことはわかってるんですけど、一つでも不備があっちゃいけない。それでついつい慎重になってしまうんです。すると担当官からノロマだのクズだの言われる。今日なんか、死ねとまで言われました。俺だって、わかってるんですよ、自分がノロマなことぐらい。とはいえ、一生懸命やってるのに、死ねなんて……」

釘宮は、グラスを握りしめた。

「そりゃ、ひどいな。部署の異動願いを出したらどうだ？」

「まだ、一ヶ月も経ってないのに、それはできないです」

「でも、今のままでもどうしようもないだろ」

「そうなんですけど……。それに、移るにしても、どこへ行けばいいのか。なんか俺、どこへ行ってもダメなような気がして……向いてないんです、きっと」

釘宮は、入れたばかりの泡盛を呷《あお》り、グラスをテーブルに置いた。

「そんなことないって。慣れるまでの辛抱だよ。慣れてくれれば、不審な製品は一目でわかるようになってくるだろうし。まだ、駆け出しなんだ、僕も君も。僕だって、今の部署じゃ、いろいろある」

「若林さんもですか？」

「更生者の一人に、偽善者とか眼が節穴とか言われてな」

「前に話してた、藤浦とかいう更生者のことですか」

「ああ。彼に胸ぐらつかまれて、凄まれたよ」

「大丈夫だったんですか！」

釘宮が、驚いて耕平を見た。

「怖かったよ。更生者なんて呼び名に変わってはいても、やっぱり犯罪者なんだなと実感した。情けない話、彼が学習ルームから出ていったあと、震えてしまってね」

耕平が、苦笑いする。

「担当官に話したほうがいいんじゃないですか？」

釘宮の言葉に、耕平は小さく首を横に振った。

「うちの担当官はダメだ。あきらかに何かあったとわかってるのに、藤浦にひと睨みされただけで、すごすごと管理室へ戻っていった」

「それじゃあ、若林さん、危ないじゃないですか……」

「まあ、彼も本気で、手出ししてくるとは思えない。そんなことをすれば、いくら担当官がおとなしくても、科料を加えなければならなくなる。そこまで、バカじゃないよ、あの藤浦は」

「仲間とかいるんじゃないんですか?」

「いないみたいだな。他の更生者の話を聞いて、彼の過去を調べたんだ。彼は、実にひどいことをしていた」

耕平は言って、藤浦が起こした宝石店強盗事件の顚末《てんまつ》を話した。

「……そんな凶悪なヤツだったんですか」

「最初は、そんなふうに思ってなかったんだけどね。凄まれて、怖さがわかったよ。冷徹な目をしてた。それに彼は、こうも言ったよ。悪さするのに理由なんかないってね」

「ルール無用ってことですか……」

釘宮は、肩をすぼめて、ブルッと震えた。

「そんなヤツだけど、学習ルームへ来るかぎりは、僕はヤツから逃げられない。逃げるつもりもない。それが、僕に与えられた仕事だからね」

「若林さんでも、そんな思いしてたんですか……」

「変わらないよ、みんな。初めての経験なんだ。仁美さんも毎日、データルームへ来て、接した更生者たちの履歴を調べて、勉強してる。ずいぶん会ってないけど、井手もきっと、監視員としてあれこれと苦労を――」

「あ、そういえば今日、井手さんが搬出入路から車で出ていくのを見ましたよ」

「井手が？　なぜ、そんなところから？」

「わかんないです。でも、あれは間違いなく井手さんでした」

「まだウイークデーだし、外へ食事しに行くにしても、搬出入路からってのはおかしいだろ。あそこから出入りできるのは、業者だけと決まってたんじゃなかったっけ？」

「そうなんです。職員用の車もたまに出入りするんですけど、それは搬出入センターの駐車場からしか表に出られないことになってます。それが、井手さんの乗った車って、ワークエリアから入ってきたみたいで、そのまま出ていってしまいました。そんなこと、よほどのことがないかぎりあり得ないんで、俺も一瞬、見間違いかな……と思ったんですけど」

　釘宮は怪訝そうに首を傾けながら、空のグラスに泡盛を注いだ。

「よほどのことか……」

　耕平は、眉間に皺を寄せた。

「釘宮。真壁班のことについて、何か聞いてないか？」

「前に福原さんが言ってた、舎房管理センターで怖れられてるグループの話ですか？」

よ」

「聞いてないですね。そんな話、先輩とする余裕なんてなかったし。噂も聞かないっす
「そうか……」

「気になることでも？」

「……いや、だったら思い過ごしなんだろうな」

「何かあるなら言ってください」

「いやいや。井手にそういうことがあったのなら、真壁班という特別な部署があって、それが絡んでるのかな、なんて勘ぐってみただけだ。ホント、テレビや小説の見過ぎかもしれないな」

耕平が、苦笑する。

「そういうことですか。だったら、俺も思いましたよ、少し。なんか、俺らの知らないところで、そんなのが動いてるなんて、ちょっとワクワクするじゃないですか」

「ワクワクはないだろ」

「すいません……」

釘宮は、バツの悪い笑みを浮かべ、残っていた泡盛を飲み干し、立ち上がった。

「じゃあ俺、そろそろ失礼します」

「もう、いいのか？」

「俺、やっぱもう少しがんばってみますよ、今のところで。若林さんもそんな苦労してるって知って、俺だけじゃないって思ったら、なんかスッキリしました」

「溜めてないで、いつでも話しに来いよ」

「はい。じゃあ、おやすみなさい」

釘宮は頭を下げ、部屋から出ていった。

耕平は釘宮を笑顔で見送る。姿がなくなったとたん、笑みが消えた。

「井手が……」

耕平の脳裏に国見の表情と言葉が再びよみがえった。

3

井手を乗せた車は、そのまま港に停泊した貨物運搬船に乗り込んでいた。船の中には、井手と照屋、そして、多家良の遺体を運んできた梶原班の数名しかいない。

船は、闇に包まれた海を北上していく。

照屋は、部屋にこもっていた井手を連れだし、甲板へ来ていた。少し肌寒い潮風が、二人の頬を撫《な》でる。

「どうだ、井手。少しは落ち着いたか？」

照屋が声をかける。が、井手は手すりを握りしめ、瞬きもせず、暗い海を見据えていた。

「事故はどの職場にも付き物だ。とくに、我々のように元犯罪者と接する危険な仕事では、こういう不測の事態もやむを得ない」

「事故でも、不測の事態でもない。俺、俺……」

井手は、指を震わせながら、手を返し、自分の手のひらを見据えた。

「怖いんですよ……」

「多家良はもういない」

「そうじゃない。多家良を殺したって怖さもあるけど、俺……あいつを、クソみたいな犯罪者を殴り殺したと思うと、少し興奮したりもしてるんです。人を殺しといて、少しだけ……少しだけ、歓びを感じてる。この手が。この手が、人を殺して、歓んでるんです！」

井手は、手首を握り、指先を震わせた。

「それでいいんだ。ゴキブリを殺したのと変わらない。カサカサと飛び出してきたうるさいゴキブリを殺《や》ると、気持ちいいだろ。それと一緒だ。まあ、どっちにしろ、ヤツはもう死んじまったんだ。忘れろ。跡形もなく」

「跡形もなく忘れろって……無理です！」

「そうか。じゃあ、跡形もなくなるところを見せてやるよ。梶原！」

照屋が上部デッキに向けて、大声を張り上げた。デッキから、梶原が顔を覗かせた。

「もう、いいのか？」

「ああ、やってくれ」

照屋が言う。船がゆっくり停止した。船体がゆらゆらと浮き上がっては沈む。

完全に停止すると、井手が見つめる海面にスポットライトが当たった。蒼白《あおじろ》い強烈な光に、井手は目を細めた。

「何をするんですか……」

「だから、跡形もなくすんだって」

照屋が口辺を歪めた。

その時、上部デッキから何かが落ちてきた。飛沫《しぶき》が上がり、水面が揺れる。デッキ部分からは、ワイヤーが延びていた。

井手は、そのワイヤーを追って、海面に目を向けた。

ふわりと赤茶けた物体が浮かび上がってくる。それを見た途端、井手の目が引きつった。

「多家良！」

井手は目を背けようとした。照屋が井手の後ろ髪をつかんで、顔を上げさせた。

「しっかり見てろ」

低い声で言う。

井手は手すりを何度も握り返し、水面を見据えた。

海面は静かだった。が、突然、ゆらっと何かの影が明かりを横切った。一つ、二つ、三つ……海面下で蠢く影が増えていく。水面も徐々に揺れ始める。

その海面が、大きく沈んだ瞬間だった。

「うわあああっ！」

突然、出現した大きな影に、井手は叫び声を放った。

鮫だった。複数の鮫が同時に、鋭い牙を剝いて浮上してきた。

鮫は、多家良の屍に食らいついた。鋭利な牙が、腕を引きちぎり、足を食いちぎる。腹に牙が食い込んだ瞬間、鬱血《うっけつ》した血液と内臓が噴き出し、海面が赤黒く染められていく。

顔も牙で抉《えぐ》られ、右半分がなくなっていた。骨という囲みを失った目玉が、神経繊維のついたまま、海面で揺れている。

井手は身を乗り出して、鮫の上に嘔吐《おうと》物をまき散らした。

その井手に迫るように、鮫が浮き上がってきた。小山のように盛り上がった海面には、残された多家良の顔が浮かんでいる。

井手は、双眸《そうぼう》を見開いた。鮫が多家良の顔を飲み込む。飛び出した目玉が、井手の近くまで跳ね上がる。多家良の顔も目玉も、そのまま鮫と共に、海面深く沈んでいった。

多家良の屍は、跡形もなく海面から消えた。わずか一分にも満たない出来事だった。

井手は肩を揺らして激しく息を継いでいた。目は、海面を見据えたままだ。

「ほら、跡形もなく、消え去っただろう。これで、おまえが多家良を事故で殺したという事実もなくなった」

照屋が肩を叩く。井手は返事すらできなかった。そこに、梶原と梶原の部下三人が近づいてくる。

「大丈夫か、こいつ？」

梶原が訊く。

「鮫に驚いただけだ。井手を個室へ連れて行ってやってくれ」

照屋が言う。梶原の部下が三人で、身を強ばらせた井手を抱え、キャビネットの中へ消えていった。

梶原は照屋の横に並んで、手すりに肘をかけた。

「ヤツはどうする。始末するか？」

「大丈夫だろう。もう少し待ってくれ。ここを乗り越えりゃ、ヤツも充分、使えるようになる」

「とち狂って、本島についた途端、警察へなだれ込むなんてことはないだろうな」

「あり得ないよ。そんなマネは、俺がさせない」

照屋はそう言い、まだ鮮血が揺れる海面を静かに見つめた。

深夜、西崎港に着いた照屋は、井手を連れて、那覇市内の海沿いにあるホテルへ来ていた。

スイートを取り、シャワーで潮を洗い流し、バスローブ姿でくつろいでいる。が、井手は、潮にまみれた服を着たまま、ソファーに座り、握った両手をジッと見つめ続けていた。

「シマでも飲むか？」

照屋は、泡盛の五合ビンとグラスを持って、窓際に置かれているソファーに座った。

向かいのソファーには、井手がいる。井手は、両肘を腿《もも》に置いて両手を握りしめたまま、うなだれていた。

照屋は、二つのグラスになみなみと泡盛を注ぎ、一つを井手の方に差し出した。

だが、井手はうつむいたまま、指先を見つめている。

「どうした。飲め」

照屋は自分のグラスを持って口元に運び、半分ほどを飲み干した。ポケットからタバコを出して咥《くわ》え、火をつける。

「いつまでもシケたツラしてんなよ。もうヤツは鮫の腹の中で溶けてんだ」

照屋は、イラついた表情で、深く吸い込んだ煙を井手の顔に向かって吐き出した。

しかし井手は、顔をしかめることもなく、指先を凝視したままだった。

「なあ……なんで俺が、那覇までわざわざ連れてきたのか、わかってるのか？　気分を切り替えるためだ。終わってしまったことをいつまでも考えていてもしょうがないだろ」

「しょうがない……？」

井手のこめかみがヒクリと動いた。

「そうだ」

「しょうがないって……」

井手は、ゆっくりと顔を上げた。

「人を殺したんですよ。ヒト一人の命を奪ったんですよ、俺はこの手で！　それが、しょうがないんですか！」

「デカイ声、出すな、バカ」

「殺したんですよ、俺は……俺は！」

井手はうつむいて、髪の毛をかきむしった。

照屋は、ため息をついてソファーに仰け反り、あきれた顔で井手を見ながら、グラスの泡盛を飲み干した。

と、呼び鈴が鳴った。井手の肩がビクッと震えた。

「誰ですか……。まさか、警察へ引き渡すんじゃ！」

井手の表情が引きつる。

「そんなことはしない。俺のダチだよ」

照屋が立ち上がる。井手は腰を浮かせて、ソファーの背もたれを握った。

ドア口で声が聞こえる。男の声だ。何人かの女の声も聞こえる。ワイワイ言いながら、照屋と複数の人間たちが、リビングへ近づいてくる。

井手は、背もたれを乗り越えて、ソファーの後ろに身を屈めた。

「井手……ん？」

照屋が部屋を見回す。ソファーの後ろに屈み込んでいる井手の頭が見える。照屋はソファーに近づいて、覗き込んだ。

「何やってんだ、おまえ」

照屋が井手の腕をつかみ、強引に立たせる。井手は肩で顔を隠しながら、立ち上がった。

「ハイサイ。あんたが井手だな。照屋のダチで、前島ってんだ。よろしくな」

髪を金色に染めた男が井手の顔を覗き込み、右手を出してきた。井手は視線を合わせないよう、さらに顔を背けた。

「大丈夫か、照屋？　こいつ、例の件で連れてきたんだろ？」

「初めてのことだったから、ちょっとビビってるだけさ」

照屋は言って、井手を自分の隣に座らせた。前島も差し向かいに座る。照屋は、口を付けていない井手のグラスを前島に差し出し、自分のグラスにも泡盛を注いだ。

前島は、泡盛を口に含んで、グラスを置くと共に身を乗り出した。

「ところで、照屋。いい話って何だ？　オヤジが出てくるのか？　だったら、早くしてくれ。こっちも、困ってんだ。代行が頼りねえもんだから、あちこちから突かれてさ」

「多家良は出てこられないさ」

「出てこれねえ？」

「こいつがぶち殺しちまったからよ」

照屋は、井手を親指で指さした。

「こいつが、オヤジを……」

前島の表情がみるみる強ばっていく。

井手は、前島の表情を覗き見た途端、目尻を引きつらせた。

「照屋さん……。あんた、多家良の子分に俺を始末させる気じゃ……」

井手が、後退《あとずさ》って背もたれに張りつく。

前島が、身を乗り出して手を伸ばしてくる。その手が、井手の肩に触れた。

「ひっ！」

小さな悲鳴を上げ、ソファーの上に飛び乗る。が、前島は井手の肩を軽く叩いただけだった。

「そっか。オヤジを殺《や》ってくれたのか」

その言葉を聞いて、井手が顔を上げる。前島は口辺に、意味ありげな笑みを浮かべていた。

「獄中の死じゃ、文句の言いようがねえからな。ありがとうな、井手」

前島が言う。

井手はわけがわからずキョトンとしていた。と、照屋が話しだした。

「実はな、井手。前島は多家良組の構成員なんだが、こいつだけじゃなくて、他の構成員も多家良を持て余してたんだよ。過去の栄光を引きずって、無茶なシノギをこいつらに課してな。まあ、それでも多家良は、他に顔が利いてたから、よかった。だが、多家良がくだらない傷害事案でパクられちまったあと、継いだ代行ってのが多家良の息子でな。こいつがまた、どうしようもないボンクラなんだ」

照屋の言葉に続けて、前島がしゃべりだす。

「といって、一応オヤジの実子だし、オヤジが決めた代行だから逆らうわけにもいかねえ。しかし、そのボンクラにつけ込んで、オレらのシマを狙ってくる連中が増えだしてな。これなら、ひどくても多家良のオヤジが出てきたほうがマシだってんで、照屋から真壁さんに頼んで、オヤジを早く出してもらえるよう頼んでたんだ」

「そんなこと、できるんですか……？」

「井手。真壁主任を侮《あなど》るなよ。主任は舎房管理の総責任者だ。俺たちの査定が主任の一言で決まるように、囚人たちの評価も主任の胸先三寸で決まる。評価が上がれば、同じ労役でも実入りが違ってくる。それだけ、出所に必要な科料を早く清算できるということになるんだ」

「じゃあ、逆に嫌われれば……」

「一生、懲罰房だな。上條のように」

照屋が事もなげに言う。井手はその言葉を聞いて、少し身震いした。

「オヤジは入って早々、真壁さんを金と暴力で買収しようとしたからなあ。あれがまずかったよな」

前島の言葉に、照屋がうなずく。

「金だけならまだしも、暴力で脅そうというのは、主任の一番の怒りを買うことになるからな」

「まあ、無理だとはわかってたんだが、頼んでみたわけよ。でも、オヤジが死んだってんなら、話は別だ。あのボンクラを担《かつ》ぐ必要もなくなった」

「そういうことだ。いい話だろ?」

「確かにな」

「今頃は、鮫の腹ん中でのんびり眠ってるよ。そのあとは、地獄行きだろうがな」

砕ける。

「違いねえ」

前島は笑いながら、泡盛をクッと飲み干した。そのグラスを壁に投げつける。ガラスが砕ける。

井手はまた、ビクッとした。が、前島も、照屋も、女たちまでも笑っていた。

「井手、おまえはそんな力を持った真壁班に新人ながら抜擢されたんだ。名誉なことなんだぞ。もっと、自信を持って、堂々としろ。クズの一匹や二匹死んだぐらいで、オタオタするんじゃない。わかったな」

照屋は井手の肩を叩いて、前島の方を向いた。

「つまり井手は、おまえんとこの功労者というわけだ。だから、こっちにいる一週間。しっかり接待してやってくれよ」

「そうだな。おい！」

前島が声をかけると、リビングのドア口に立っていた若い女が三人、近づいてきた。みな、薄手の短いキャミソールを着て、胸の谷間をあらわに覗かせている。スレンダーな子もいれば、肉感的で豊満な娘もいる。誰もが、彫りが深くてきれいだった。

「こいつらと、好きなだけ遊んでいいぜ。うちのナンバー1から3までだ」

「いや、俺は……」

「遠慮するな、井手。俺たちには、こういう息抜きも必要だ」

「遊ぶ前に、こいつをキメろ」

前島が、ジャケットの内ポケットから、白い紙に巻いたタバコ状のものを取りだした。

「これ……！」

受け取った井手が、照屋のほうを見る。

「気にするな。ハッパぐらい誰でもやってる。疲れも取れて、いい気分になれるぞ。心配するな、ここだけの話だ。中毒にもなりはしない。貸してみろ」

照屋は言って、井手の手からマリファナを巻いた白い紙を取った。

火をつけて唇で端を摘み、ゆっくりと煙を吸い込む。先端の火玉がチリチリと火花を散らしながら赤く輝く。

照屋は、少し煙を胸に溜めこんで、ゆっくりと吐き出した。

「こうすればいいんだよ。ほら、なんでもないだろ」

照屋は手のひらを広げて見せ、井手に火のついたマリファナを渡した。

「タバコ吸わねえんだったら、少しずつ吸いこみゃいい」

前島が言う。

井手は、震える指先を見据えながら、白い巻紙の先端を唇に近づけていった。

唇で挟んで、吸い込んでみる。甘くもやっとした煙が喉の奥へ飛び込んできた。井手は、咽《む》せ返りそうになるのをガマンし、煙を飲み込んだ。

唇を閉じて、天井を見上げる。そして、ゆっくりと煙を吐き出した。蒼白い煙が濁って、口の先から出てくる。

「はああ……」

吐き出すと同時に、井手の目がとろんとした。

その様子を見て、照屋と前島が目を合わせてほくそ笑む。

井手は立て続けに、マリファナの煙を吸い込んだ。徐々に吸い込む量も多くなる。白い紙は、井手の指先を焦がさんばかりに短くなっていた。

照屋は、井手の指からマリファナを摘み取って、灰皿に押しつけ、火の消えた紙を胸のポケットに入れた。

立ち上がる。前島もソファーから立った。

「あれ……どっか、行くんですか?」

「おまえは、楽しんでろ。俺は前島と飲みに行ってくるから」

「そういうことだ。おい、おまえら。思う存分サービスしてやれ」

前島が言うと、ソファーでぐったりしている井手の周りに、女の子たちが寄ってきた。

照屋たちの姿が消えた途端、井手は、甘い夢の中へ埋没していった。

4

翌朝、耕平は学習ルームへ向かう前に、井手の部屋へ内線で連絡を入れてみた。が、出ない。部屋にも寄ってみたが、何度ノックしても出てくる気配はなかった。

耕平はその足で総務室へ寄った。受付カウンターの女性に挨拶をして、ＩＤカードを提示し、訊《たず》ねる。

「すみません。井手君が部屋にも持ち場にもいないようなんですが、どうかしたんでしょうか？」

「井手ですか？　ちょっと待ってください」

受付の女性は、赤外線で耕平のＩＤを読みとり、端末を叩いた。

「——休暇届が出されてますね」

「休暇？　いつからです？」

「昨日からです」

「戻るのは、いつですか？」

「ええと……一週間後になってますね。急用でしたら、メッセージをお預かりすることもできますが」

「いえ、急用というわけではないんで。わかりました」

耕平は笑みを作ってＩＤカードを受け取り、総務を出ようとした。

と、出入口でバッタリ、真壁と出くわした。

「おはようございます」

耕平は、直立して頭を下げた。

「どうだね、仕事のほうは。何やら藤浦と揉《も》めているようだが」

「お耳に入ってましたか。揉めてるというわけじゃないんです。コミュニケーションがまだうまく取れていないだけで」

「更生者たちも、私らが誠意を持って接すれば、いつかはわかってくれる。一日でも早く実績を作りたい気持ちはわかるが、焦りは禁物だぞ」

「はい」

耕平の返事にうなずいて、真壁が去ろうとする。

「あの、主任」

耕平は思わず呼び止めた。

「何だね？」

真壁が振り向く。

耕平は井手のことを訊こうとした。だ、とっさに言葉を飲み込んだ。

「あ、いえ……なんでもありません」

「ならいいが。何かあれば、いつでも相談に来なさい」

「ありがとうございます」

耕平が頭を下げると、真壁は総務室の奥へと入っていった。

耕平は、小さく息をついて部屋を出た。

「真壁班……か」

つぶやきながら、ワークエリアのゲートを潜る。

耕平は様々な仕事のブースを見やり、ＩＴビルへと歩いていった。

毎朝目にする光景だが、いつ見ても勤勉な姿には感心させられる。更生者でも、仕事によっては朝四時に起き、五時から働いている者もいる。

一生懸命働いている姿は、街にある青果や生鮮食品の市場の労働者たちと変わらない。刑務所に来るような連中は、早起きが嫌いな怠け者に決まっていると思っていたが、そういう概念はもう、耕平の中にない。

工場も、いつもきれいに清掃されていて、工業地帯の町工場よりよほど立派に見える。更生者たちは清潔な白いつなぎに身を包み、時折、笑顔を見せながら作業に取り組んでいる。

働く更生者たちを見る更生官の目も、優しい。

「やっぱり、思い過ごしなんだろうか……」

耕平は、のどかとも思えるようなワークエリアを横切っているとき、ふと立ち止まった。

「そういえば、プリズンエリアに入ったのは、研修の時だけだな」

耕平は立ち止まって、前方のプリズンエリアのゲートを見つめていた。

と、後ろから声をかけられた。

「おはようございます、センセ」

振り向くと、田口が立っていた。

「何やってんだい？」

田口が、耕平の視線を追おうとする。

「いや、なんでもないです。それより、田口さんはどこに？」

「わしの就労場所がマンゴー工場なんだ。けど、まだ働けねえから、担当さんに学習ルームへ行く許可をもらってきたとこでね」

「そうですか。そういえば、田口さんってどこが悪いんです？」

「見た目じゃあ、わかんねえか」

「すみません……」

「いいんだよ。センセはまだ、来て間もないからね。こいつだよ」

田口は左手を挙げた。指を動かしてみせる。が、指は少し曲がったところで、動かなくなってしまう。まるで、手のひらに透明なボールでも握っているようだった。

「工場でマンゴーのヘタを捌《さば》いてる時に、誤って手首を切っちまってね。それから、思うように動かなくなっちまったんだよ。医者は、リハビリ次第で動くようになるって言うんだが……」

「すみません、知らなかったとはいえ」

「いいんだよ。まったく、年食うってのは、うれしくねえもんだな。マンゴー一つ、捌けやしねえんだから」

田口が歩き出す。耕平も並んだ。

「そういやあ、センセ。こないだは大丈夫だったかい？」

「こないだ？　ああ、藤浦さんと揉めた時ですか。何もありませんでしたけど」

「そうかい……。いや、つまらんことだから、言うのはやめようと思ってたんだがね。あんたが藤浦にひと睨みされて、ビビって逃げ出したなんて噂が、更生者の間に広まってんだよ」

「えっ？　誰がそんなことを」

「わからねえけど、そんなこと言うとしたら、藤浦本人しかいねえだろ」

「あいつが……」

「あ、でも心配いらねえよ。俺とかセイさんが、ちゃんと言ってるから。センセは、前に藤浦を負かしたことがあるんだって。その恨みで、あれこれ言いふらしてるだけだってね」

「なんだか、迷惑かけちゃって……」

「いいってことよ。俺もセイさんも、センセのファンだからよ。まあ、何にしても、藤浦とはあんまりまともに関わらない方がいいぜ。センセがよそへ飛ばされでもしたら、またサル公しかいなくなって、つまらなくなるからよ」

田口は耕平の背中を二度叩いて、先にITビルのゲートを潜っていった。

「藤浦が、僕のことを……?」

耕平は、少し首を傾げながら、学習ルームへ入っていった。

その日は夕方になっても、藤浦は姿を現わさなかった。

「センセ。ヤツは、しっぽ巻いて逃げ出しましたね」

セイが声をかけてくる。

「そんなことはないと思いますけどね」

「いやいや。意外とヤツは、ああいうふうにスッパリ向かってこられるのが苦手なのかもしれねえ。センセは、ホントまっすぐだからなあ」

「やめてくださいよ」

耕平は苦笑いし、田口の隣に腰を下ろした。

「そうだ。ちょっと聞きたいことがあるんだけど」

「何です？」

田口とセイが、身を寄せてくる。

「真壁班というのを聞いたことはないですか？」

耕平が訊く。と、田口とセイは、キョトンとした顔をした。顔を見合わせ笑い出す。

「なんだ、そんな話か。深刻な顔してっから、もっと妙な話かと思ったぜ」

田口が耕平の腕を叩く。

「どこで聞いたんだい、センセ」

セイが訊いてくる。

「いや、僕の同期がプリズンエリアにいて、そういう班があるらしいって噂を聞いたというもんだから、気になってまして」

「あるよ、真壁班は」

「えっ！」

耕平は、田口の方を見やった。

「あるけど、そりゃあ、俺らだけの話だ。更生官の中には、センセみたいに俺らに優しく接してくれる人もいれば、特級の刑務所みてえにド厳しい人もいる。真壁主任は昔からド厳しいんだ。ちょっと抗弁すりゃあ、すぐ科料追加だからなあ」

「そうそう。なもんで、真壁主任みたいに厳しい更生官たちの前では、おとなしくしてようってことになってね」

「そんなことを言ってるうちに、そういう更生官たちのことを総称して、誰かが真壁班なんて言い出したんだよ」

「じゃあ、主任が特別に班を編成してるってわけじゃ……」

「そんなもんがあるなんて、正式に聞いてねえだろ、センセも。そりゃそうさ。俺らが勝手に、そう呼んでるだけなんだから。そんなこと、気にしてたのかい？」

「センセも、妙なこと気にするんだなあ」

セイが笑う。

「いや、まあでも、無理もねえよ。センセ、刑務官とか初めてなんだろ？」

「ええ」

「自慢じゃねえんだけど、俺もセイさんも、ここへ来るまでにあちこちの刑務所に入ってた人間だ。ムショにはムショの決まりみたいなモンがあってな。そいつは、よほどベテランの職員か、中にいたヤツでないとわからねえ。わからないことがあったら、なんでも聞いてくれよな」

「どっちがセンセか、わからないぜ、田口さん」

「偉そうなこと言っちまったかな」

田口は、後ろ頭をかきながら笑った。

「そう言ってもらえて、うれしいです。また、わからないことがあったら、教えてくださいね」

「センセに頼りにされるなんざ、更生者冥利《みょうり》に尽きるね。いつでも訊いてくれよ」

「俺もだよ。センセのためなら、わかんねえことでも調べてくっからさ」

セイが言う。

「ありがとうございます」

耕平は壁の時計を見た。針がちょうど五時を指した。チャイムが鳴る。田口とセイ、他の更生者たちも立ち上がった。

「さてと。俺らは部屋へ戻るとすっかな。センセ、ホントになんでも訊いてくれよ」

田口はそう言って、セイと一緒に出ていった。

「真壁班は存在しないのか。でも……」

耕平は、どうしても国見の言葉や態度、井手のことが引っかかっていた。

田口とセイは、プリズンエリアのゲートを潜るなり、憮然とした表情で更生者たちを見つめる更生官を見つけ、小走りで近づいていった。

「センセ」

「なんだ」

大柄の玉城が、ギロリと田口とセイを睨みつける。

田口とセイは愛想笑いを浮かべ、小さく頭を下げながら言った。

「すいません。実は、真壁主任に大事な話があるんですが」

「なんだ。言ってみろ」

「いえ、ここでは……」

田口はそう言い、玉城の耳元に口を近づけて、周りを気にしながらボソッとつぶやいた。

玉城の眉間が険しくなる。

「——わかった。主任には取り次いでおく。呼ぶまで房で待ってろ」

「はい」

田口は膝を曲げて、ペコペコと頭を下げた。そして、セイと目を合わせてニヤリとした。

5

那覇へ来て、五日が経っていた。別の部屋にいた照屋は、井手の部屋をノックした。

少しして、素っ裸の女が出てくる。

「あら、照屋さん」

トロンとした目つきで、照屋に微笑みかけてくる。指には、紙に巻いたマリファナが挟まれていた。

「出迎えの時に、こんなモン摘んでんじゃねえ」

照屋は、女の指からマリファナを取って、中へ入った。

「きゃはは っ！」

女の甲高い笑い声が聞こえてくる。

照屋は、リビングを横切り、続き部屋になっている寝室へ入った。

照屋を認めた女たちは服を着て、そそくさと出ていった。

ドアが閉まりきるのを見て、照屋はベッドの方を向いた。

「いつまで寝てんだ。起きろ」

照屋は井手の腕をつかみ、引き起こした。

井手は目の下にクマを作り、だらしない笑みを浮かべていた。

「しょうがねえヤツだな」

照屋は井手を引きずって、バスルームまで連れて行った。タイル張りの床に投げ倒す。井手はバスタブを抱え、ぐったりしていた。

照屋はうずくまる井手に向けて、水のシャワーを浴びせた。

「な……何するんですか！」

突然、冷たい水をかけられ、井手は正気に戻った。

「いつまでもだらしない顔してんじゃない。もう、スッキリしたろ。事情が変わった。今日中に更生所へ戻るぞ」

「今から、ですか？」

「そうだ。さっさとシャワーを浴びて、用意しろ」

「でも、体が動きません……」

「サルみてえにヤリまくってるからだ。だるけりゃ、ヘリの中で寝りゃあいい。急いで用意しろ」

「何があったんですか？」

「どっかのバカが、俺たちのことを嗅ぎ回ってるらしい。詳しいことは、戻ってみないとわからない。だから、戻るんだ。早くしねえと置いていくぞ。俺と一緒に帰らなけりゃ、二度と更生所には戻れないぞ。前島の下で働くか？」

「いえ、自分は戻ります」

「だったら、早くしろ」

照屋はシャワーヘッドを放り投げた。井手は重い体を起こして、シャワーの温度を上げ、少し熱めのお湯を頭から浴びた。


島南方の空港にヘリコプターが到着したのは、午後十時前だった。元々、農道空港だったせいか、明かりも少なく薄暗い。

その滑走路上で待っていると、すぐに迎えの車が現われた。

ヘッドライトが滑走路に降り立った照屋と井手を照らし、手前で停まった。運転手が、エンジンをかけたまま降りてきて、顔を覗かせる。

照屋は手を挙げて近づいていった。井手も、近づいていく。迎えに来たのは、同じ真壁班に所属する監視員の玉城という大柄な男だった。

井手は、直立して頭を下げた。

「とにかく二人とも早く乗れ」

玉城に促され、照屋は助手席に、井手は照屋と自分の荷物を乗せ、そのまま後部シートに乗り込んだ。

ドアが閉まるとすぐ、車が滑り出した。

「井手。もう大丈夫なのか？」

玉城がバックミラーを覗き込みながら、野太い声で話しかけてくる。

「はい。ご心配おかけして、申し訳ありませんでした」

「誰でも一度は通る道だ。また前島のところに行ったのか？」

「気落ちした時は、あいつのとこに行くのが一番だからな」

照屋が答える。

「だったら、疲れただろ。井手、これでも飲んでおけ」

玉城はサイドボックスから栄養ドリンクを取り出し、シートの隙間から差し出した。

「いただきます」

井手が受け取る。

「しっかり、目を覚ましておけよ。今日は眠れないかもしれんからな」

「玉城。何があったんだ？」

照屋の声のトーンが重くなる。車内の空気が張りつめる。

「今日、田口から、公然と真壁班の名を口にし、探っているヤツがいるというタレコミがあってな」

「田口というのは？」

井手が後ろから訊いた。

「俺たちが飼い慣らしてるチンコロ屋だ」

照屋が、首を傾けて井手を見て言う。

「それを聞いて、主任があれこれと調べていたら、井手のスケジュールを調べているヤツがいた。それと、田口がチクったヤツの名前が一致した」

「誰なんだ？」

「井手と同期の若林という男だ」

「若林が……？」

井手は目を丸くした。

「若林は、俺も知ってる。空港まで迎えに行ったのは、俺だからな。なんとも甘っちょろい顔したヤツだったが……。どう思う、井手」

「自分もそう感じました。弟が殺されたか何か知らないですけど、勝手に悲劇の主人公を気取って、善人ぶってるヤツです」

「そうか……厄介だな、そういうヤツは」

玉城が言う。

「他にはいないのか？」

「それはまだ、わからん」

「同期の福原や釘宮も知ってるかもしれないですね。あいつら、よくつるんでますから」

井手が目を見開き、玉城のほうを見やった。

「まさか、若林が内偵監査員？」

「それもわからん。内偵監査員については、他にも候補が挙がっている。その絞り込みも行なうそうだ」

「じゃあ、若林もクロと出れば？」

「最悪の場合、鮫の餌食《えじき》だな」

玉城が言った。

「バカ野郎が……」

井手は、若林の顔を思い出し、舌打ちした。

「とりあえず、若林と接触しているおまえたち二人を含めて、ミーティングを行なうことになっている。急ぐぞ」

玉城はアクセルを踏み込んだ。

6

翌日の昼間。田口とセイが学習ルームで話していると、藤浦が入ってきた。

田口とセイは、途端に黙り込み、本で顔を隠す。

藤浦は、いつもの窓際に行くと思っていた。が、今日は田口たちのいる席に、自ら近づいてきた。

テーブルに差し向かいで並ぶ田口とセイを見据えながら、口を開く。

「おまえら、何やってんだ？」

「な……なんのことだ」

田口が本の上から目を出し、藤浦を見返す。しかし、腰は引けている。

「昨日、プリズンエリアに戻ってすぐ、更生官たちと話してただろ」

藤浦が言った途端、田口とセイの目尻が引きつった。

「何、話してたんだ」

「なんでもねえよ」

「おい。俺の目が節穴だと思ってんのか？」

藤浦は、腕をテーブルに乗せ、身を乗り出した。ますます田口の腰が引ける。セイは、田口の後ろに隠れるように縮こまっていた。

「どう見ても、ありゃいい雰囲気だったぜ。何かネタがあるんだろ。俺にもかませろ」

「ネタなんてねえよ」

「いい根性してんな、おまえら」

藤浦は、身を起こして、パイプイスの背もたれに仰け反った。いきなり、下からテーブルを蹴り上げる。

田口とセイがビクッと身を竦ませた。周りにいた更生者たちも田口たちのほうを見たが、すぐ目を背けた。中には、小走りで学習ルームを出ていく者もいた。

「俺が何をしてブチ込まれたのか、知ってるよな」

「だ……だから、仲間になんざしたくねえんだよ！」

セイが、田口の後ろから懸命に吠《ほ》える。

藤浦は、セイを見据えて、口辺を歪めた。

「仲間って言ったな。やっぱり何かあるんだな。どうするよ、田口。ネタは割れたぜ。何を話したのか、さっさと言え」

「……たいしたことじゃねえよ。俺のいるAM－A棟で、バクチやってるヤツがいるから、チクっただけだ。なあ、セイさん」

「そう。そうなんだ」

セイが、何度もうなずく。

「そうかい。そいつは、なんてヤツだ？」

「それは……言えねえ」

「言えねえだと？」

藤浦は、再びテーブルを蹴り上げた。

田口とセイは、再び飛び上がった。部屋に残っていた更生者たちが雪崩《なだれ》を打って、外へ駆け出していく。

そこに、昼食を終えた耕平が戻ってきた。ドアが開いた途端、飛び出してきた更生者とぶつかる。

耕平はよろけながらも、ぶつかって倒れそうになった更生者の両腕を握りしめ、起こした。

「どうしたんです？」

「どうもこうもないよ、センセ。また、藤浦が暴れてんだよ」

「藤浦が！」

耕平は中を覗いた。田口とセイの前に座り、ポケットに手を突っ込んで仰け反っている。その向かいの席で、田口とセイが小さくなっていた。

「どうにかしてくれよ、あいつ。のんびり本も読めやしねえ」

更生者はそう言うと、エレベーターには乗らず階段を下りていった。

耕平は、奥歯を噛んで藤浦の背を睨み、ドア口から大声で怒鳴りつけて部屋の中へ入った。

「藤浦！　何やってる！」

それを見て、藤浦は正面に身を乗り出し、低い声で言った。

「これだけは言っとくぞ。俺は、仲間なんぞなんとも思っちゃいねえが、仲間じゃねえヤツはそれ以上になんとも思わねえ。妙なマネしやがったら、死人になっても地の果てまで追いかけて、おまえらの寝首かいてやる」

藤浦は眼を剝いて、二人を睨み据えた。

そこに、耕平が駆け寄ってくる。耕平は、管理室を見た。須間がいた。が、須間は手に持った本に視線を落とし、見て見ぬフリをしている。

耕平は、目を伏せたままの須間を睨み、その視線を藤浦に向けた。藤浦の襟首をつかんで立たせる。

藤浦は、両手を挙げた。

「なんですか、更生官。俺は何もしちゃいないですよ。なあ、おまえら」

「田口さん、セイさん、どうなんです？」

耕平の問いかけに、田口もセイも顔を背けて答えなかった。

「ちょっと議論が白熱して、口論になっただけですよ。なあ、田口、セイ」

語気が強くなる。田口とセイは、正面を見ずにうなずいた。

「ほらみろ。離してくださいよ、更生官」

藤浦は腕を振り上げて、耕平の手を払った。耕平を肩で押しのけ、学習ルームから出ていく。

「ちょっと待て、藤浦！」

「センセ、いいんすよ！」

田口が、小声で言う。

「よくありません。あの人のせいで他の更生者たちにまで迷惑がかかってるんだ。こんな事態を見逃すわけにはいかない」

耕平は、藤浦を追いかけた。

藤浦がドアから出る。すぐ耕平もドアを開け、外へ飛び出した。

エレベーターを待っている藤浦の肩をつかんで、壁に押し当てる。藤浦は背中を打ちつけたが、息一つ詰めなかった。

「これは、どういうことだ？」

両肩を握っている耕平の手を見る。

「いい加減にしろ」

「とぼけるのもたいがいにしろよ。何の目的で学習ルームを荒らすんだ。ここに集まってる更生者は働きたくても働けず、その時間を使って勉強しようと思ってきてる人たちだ。そんな人たちの邪魔をして何がおもしろい。僕らを怒らせて、科料を減らしたいのか！」

耕平は鼻息を荒らげて、怒鳴りつけた。が、藤浦は眉尻を下げ、笑った。

「おまえ、とんでもなくめでてえ野郎だな」

「笑うな！」

「笑わずにいられるか。おまえみたいな眠たい更生官がいるから、ここはダメになっちまってるんだ」

「なんだと……？」

耕平が気色ばむ。藤浦は耕平の胸ぐらをつかんだ。強い力で押し戻し、反対側の壁に押しつけた。

背中をしたたかに打ちつけた耕平は顔をしかめ、呻いた。

小柄な藤浦が下から睨み上げてくる。

「俺は言ったはずだ。ここで物事を見ろと」

藤浦が、胸元を小突いた。めり込む拳に息が詰まる。

「更生所なんて名乗ってるが、ここは刑務所なんだ。犯罪なんざ、屁とも思ってねえ連中

「いい加減にとは？」

が集まってるところだ。おまえ、わかってるのか？」

「わかってるに決まって――」

「わかってねえんだよ。目で見えるものがすべてのおまえにはな。ここじゃ、おまえみたいなヤツが真っ先に殺《や》られるんだ。修羅場を潜ってきた連中から見りゃ、おまえは赤んぼみたいなもんだ。それもわからねえのか。いい加減にするのは、おまえのほうだ」

「屁理屈ばかり、言ってないで……」

「屁理屈かどうか、いずれわかる。だがな。わかるときはおまえがくたばるときだ」

小競り合いの間に、エレベーターが到着した。

藤浦は耕平を突き飛ばし、エレベーターに乗り込んだ。

「俺は、おまえと心中なんざしたくねえんだ。邪魔するな」

「ちょっと待て！　邪魔するなとはどういうことだ。待て！」

耕平が詰め寄ろうとする。それより早く藤浦はドアを閉めた。

耕平は胸をさすりながら、ドアの向こうに消えていく藤浦を見据えた。ドアが閉まった途端、その場に崩れる。

すぐに田口とセイが部屋から出てくる。うずくまっている耕平に駆け寄ってきた。

「センセ、大丈夫っすか！」

田口が屈んで肩に手を回す。

「セイさん！　サル公を呼んでこい！」

田口の言葉にうなずいて、セイが部屋の中へ駆け込んでいく。

「ひでえことしやがる。センセにまで手を出すとは。立てますか？」

「ああ……すみません」

耕平は、田口の手を握って立ち上がった。

「何、言われたんです？」

「たいしたことじゃないですよ」

「センセ。なんでも話してくださいよ。俺らもセンセに助けられてんだ。俺らにもできることがあるなら、センセの力になりたいと思ってる。俺だけじゃなくて、セイも、他の連中も」

「ありがとう。その気持ちだけで、うれしいですよ」

田口に微笑みかけていると、須間が外へ出てきた。

「若林君、どうした！」

「なんでもないんです」

「センセ。黙ってることはねえ。言っちまいなよ！」

セイが焚《た》きつける。が、耕平は、首を横に振った。それを見かねて、田口が口を開いた。

「藤浦の野郎にやられたんですよ」

「藤浦に！」

「須間さん、違うんです」

「センセ。どうして、あんなヤツかばうんですかい！」

田口が声を荒らげる。

「田口の言う通りだ。何かあったのなら正直に申告しろ。場合によっては、藤浦を処分しなければならないからな」

須間は言う。

「ちょっと言い争っただけです。いつものことですから」

耕平は須間を睨みつける。須間は、バツが悪そうに視線を泳がせた。

「過労か心労だろ。今日はもういいから、タウンエリアの病院で診《み》てもらいなさい」

「大丈夫です。仕事を続けます」

耕平は、握った田口の手を離し、部屋へと戻っていった。

7

舎房管理ビルの主任管理室に、真壁班の十数名が顔を揃えていた。

「我が班員の調査、及び内部協力者からの情報で、内偵監査員と思われる者がだいぶ絞り込めた」

真壁は、険しい表情で言った。室内全体に緊張が走る。

「本社の方でも、我々の意に反した動きが出てきているらしい。そこで急遽《きゅうきょ》、内偵監査員を特定し、本年中にしかるべき処分を下すことに決定した」

真壁は力強い口調で言い、井手のほうを見た。

「井手。もう、大丈夫なのかね？」

「ご迷惑をおかけしました」

井手が頭を下げる。真壁はうなずいて、デスクを回り込み、イスに座った。

「今のところ、内偵監査員だと思われる言動を示しているのは、十一名だ。梶原、リストを」

「はっ」

真壁に言われ、梶原が名前の書かれた用紙を各人に手渡していった。

井手は、受け取ったリストに目を落とした。若林の名前が一番トップに記されている。その次に、仁美の名前。三番目には、更生者・藤浦の名前が書かれていた。

「疑わしい順に並べてある。特に、若林耕平は新人のくせに妙に我々真壁班のことを気にして、更生者にもその存在を確かめている」

「主任。しかし、内偵監査員ならそんな目立つ行動はしないのではないでしょうか」

照屋が言った。

「急いで調べているのかもしれん。もしくは、若林はわざと目立つ行動をして我々の目を引きつけ、その間に別の内偵監査員が調査しているという可能性もある。どちらにしても、ヤツの行動は我々にとって目障りきわまりない。井手」

名前を呼ばれ、井手は直立した。

「おまえは若林に張りつき、徹底して言動をチェックしろ。ヤツが接触した人間の氏名もすぐ報告するように」

「はっ！」

「照屋。おまえは井手と共に行動し、リストナンバー2の福原から情報を引き出せ。クロでなくても、彼女は若林と近いから使えるはずだ。手段は任せる」

「はい」

「梶原」

「はっ」

「おまえは藤浦を調べろ。場合によっては、手荒な指導で吐かせてもかまわん」

真壁の言葉に、梶原がうなずいた。

「他の者は、ナンバー4以下の人物を調査しろ。玉城。各人の振り分けを頼む」

「わかりました」

玉城が深くうなずいた。

「諸君。この調査には、我が真壁班とＡＩＯ更生所自体の存続がかかっている。くれぐれも慎重、かつ迅速に行動してもらいたい。以上！」

真壁は声を張った。

室内にいた者全員が直立し、敬礼する。

「井手、打ち合わせるぞ」

「はい」

井手はうなずき、照屋と共に主任管理室をあとにした。


仕事を終えた耕平は一人、タウンエリアのレストランに来ていた。

ジョッキのビールを飲み干し、一息つく。テーブルには、空になったジョッキが七つも並んでいた。

目の前を、ホールに出ていた国見が通りかかった。

「国見さん」

声をかけるが、あからさまに気づかないフリをして通り過ぎていく。

「なんだってんだ……僕が何かしたのか？」

耕平は、空になったジョッキを握ったまま、テーブルにつっ伏した。なんだか、歯車がかみ合っていないような違和感を覚える。それが、自分のせいなのか、それとも別の何かのせいなのか。まったくわからない。

と、空いている席に、ふっと人影が下りてきた。

「ずいぶん飲んでるな」

声に気づいて、耕平は顔を上げた。

「井手！」

耕平の顔が険しくなる。

「おいおい、そんな顔することはないだろ。おまえが俺のこと捜してたって総務で聞いたから、わざわざここまで出向いてやったんじゃないか」

「おまえ、どこへ行ってたんだ」

「知り合いが沖縄に来てて会いたいと言うもんだから、無理言って休みをもらって、那覇へ行ってただけだ」

「一週間の予定じゃなかったのか？」

「そのつもりだったが、俺も仕事があるし、その知り合いも急に戻らなきゃならなくなってな。それで、五日で繰り上げて戻ってきたんだよ」

「その知り合いって、誰なんだ」

「おまえに話す必要はないだろ」

井手は言って、通りかかったウエイトレスを呼び止め、ビールを二つ頼んだ。

「それより、何か用だったのか？」

「別に……」

「別にはないだろ。じゃあなんで、俺の行動なんか調べるんだ。おまえ、俺を嫌ってたんじゃなかったのか？　それとも、何か調べて、弱みでも握って、やりこめようとでも思ったか」

「バカにするな！」

耕平はテーブルを叩いた。周りの視線が二人に集まる。

「酔っぱらって大声出すなんて、おまえらしくないな。みっともないからやめろよ」

井手に言われ、周りを見る。客たちは耕平と視線を合わせないよう、そっぽを向いた。

耕平は小さく首を振り、座り直した。

「すまなかった。やりこめようとかそんなのじゃないんだ。おまえ、搬出入路から直接出ていったんだろ？　釘宮が見たと言ってた。それはおかしいだろ。職員が、搬出入路から出入りすることは認められてないはずだ」

「なんだ、そのことか」

井手は目尻を弛《ゆる》めた。

「おまえも知ってるだろ。空港からの通常の定期便は、朝夕の二回しかないことを」

「ああ」

「俺はその日、どうしてもギリギリまで仕事してなくちゃならなくてな。朝の便にしようと思ってたんだ。けど、今出れば間に合うからと言って、主任が上と掛け合って、搬出入路から出る許可を取ってくれたんだ。何事にも特例はあるだろ。総務で、そう言ってなかったか？」

「僕は聞いてない」

「だったら、総務のオバサンが言いそびれたんだよ。おまえが聞きそびれたのかもな。おまえも緊急の時は、担当官に言ってみろ。ワークエリアから直接出入りできるように手配してくれるから」

話しているところに、ビールが運ばれてくる。井手は、ジョッキを一つ耕平に回し、もう一つのジョッキをつかむと、乾杯もせず喉に流し込んだ。

「そんなことで、俺の予定とか調べてたのか？」

「……まあな」

「何を心配してたのか知らないけど、おまえも神経細かいな」

「ほっとけ！」

耕平は言って、ビールを呷った。

「まあ、おかげでこうして飲む機会もできたんだ。よしとするか」

井手は一気にジョッキを飲み干して、おかわりを頼んだ。

「今日はよくしゃべるじゃないか」

「悪いか？ 俺なあ、おまえたちといっぺん話し合っとかなきゃと思ってたんだ」

「何をだ」

「おまえも福原も釘宮も、俺のことを誤解してる」

「誤解？」

「ああ。俺も多少、言い過ぎたところはあったがな。ここへ来た当時は、かなり気が張ってたんだよ。甘い顔してちゃ、囚人にナメられると思ってな」

「おまえがか？」

「人を鬼みたいに言うなよ。犯罪を犯したヤツが許せないのは事実だが、ここにいる連中が俺の母親を殺した人間じゃないこともわかってる。けどな、法廷で母を殺した犯人を見た時、殺してやりたいという思いとは別に、単純に怖いと思う気持ちもあったんだよ。人殺しだと思うとな。おまえも、そう思ったことはないか？ 弟を殺した連中を見て」

井手が言う。

耕平は目を閉じて、弟を殺した少年たちの顔を思い出した。金髪に染めた少年。丸坊主で眉尻をピアスで飾っていた少年。浮浪者のように垢《あか》で固まったような髪の毛を押っ立てていた少年……。

　誰もが、見るだけでゾッとするような、冷め切った目つきだった。

「たしかに……な」

「だろ。そんな連中がひしめいている場所で働くことになるんだ。一度でも、そういう目つきを実感したことがあるヤツにとっちゃ、恐怖だ。違うか？」

　井手の話を聞きながら、藤浦の目つきも思い出す。人を射すくめ、飲み込んでしまうような蛇に似た目つき。

「そうだな」

「だから、最初は気合いを入れてたんだ。そんな気持ちでいるのに、おまえらときたら甘っちょろいことばかり言ってる。それで、カッとなってつい……な」

「甘っちょろいか……。その通りかもしれないな」

　耕平は苦笑した。

「何かあったのか？」

「更生者にまで、甘いなんて言われてさ」

「誰がそんなこと言うんだよ。それは立派な抗弁――」

「なあ、井手」

　耕平は井手の言葉を遮って、声をかけた。

「なんだ？」

「僕は、人の心がわからないヤツなのかな。上っ面しか見えてないヤツなのかな」

「そんなことはないだろ。ただ、外面だけでヘラヘラしてるようなヤツなら、福原のような女も、まして釘宮みたいなヤツも寄ってきたりはしない。おまえの中に、しっかりとした何かがあるから寄ってくるんだ。……なんだ？」

井手はまっすぐ向けられた耕平の視線に気づき、戸惑ったような笑みを浮かべた。

「おまえ、変わったな」

「そうか？」

「変わったよ。おまえから励まされるとは思わなかった」

「ひどい言い草だな。まあ、わからなくもないが」

「舎房監視員の仕事に就いたからか？」

「それはあるんだろうな。もうすぐ一ヶ月になるが、拍子抜けするほど、みんなおとなしくてな。一人で気を張ってた自分がバカみたいだよ。それでもまだ緊張してるから、顔がついつい強ばって、更生者たちは道を開けてくれるけどな」

井手は笑って、ビールを傾けた。

「おまえの笑う顔見るの、初めてだ」

「そうか？　こう見えても、けっこうしゃべるし、笑うんだぞ」

「ホントに僕は、見る目がなかったのかもしれないな。おまえのそんなとこも見えてなかったんだから。一からやり直しだな」

「監視員になるか？　なんなら上に頼んでやってもいいぞ。そうだ。照屋さんって知ってるよな」

「ああ。僕が空港に着いた時に、迎えに来てくれた人だよ」

「今、直接指導してくれてる先輩が、照屋さんなんだ」

「そうだったのか。笑顔が優しくていい人だな」

「本当にな。俺にも、照屋さんぐらいの器量がありゃ、更生者たちが道を開けたりしないんだろうがな。照屋さんとはよく、おまえの話をするんだ。言ってたぞ。おまえにはぜひ監視員として来てほしかったと」

「僕は、ダメだ。こんな節穴じゃ、とてもじゃないが監視員としての仕事は勤まらない。でも、照屋さんには会いたいな」

「今度、言っとくよ。三人で……福原や釘宮も呼んで、飲もうぜ」

井手の言葉に、耕平がうなずく。

耕平は、残っていたビールを飲み干して、立ち上がった。

「もう少し、付き合えよ」

「いや、もうダメだ。明日もあるし、戻って寝るよ。今までの分は、僕が清算しとくから、ゆっくりして行けよ」

「悪いな。じゃあ、遠慮なく。ゆっくり寝ろよ」

井手の声に、耕平は右手を重そうに上げて応えた。背を向けて、ふらつきながらレジへ歩いていく。

井手はその背中を見つめ、笑みを引っ込めた。凝視する。そこに、空いたグラスを片づけようと、国見がやってきた。

「やっぱり、ただの甘ちゃんだな、ヤツは……」

ボソッとつぶやいた井手の声が国見の耳に届く。国見は聞こえないフリをして、グラスを抱え、厨房へ戻った。

8

「井手さんが笑う人だとは思いませんでしたよ」

釘宮が言う。

「ホントね。意外だったわ。私もまだまだ見る目が甘いわね」

仁美もまじまじと井手を見つめていた。

「そう言うな。これまでのことはすまなかったと謝ったろ」

井手は困惑したような笑みを浮かべ、耕平の方を見やった。

「まあ、いいじゃないか。こうして同期が全員集まれたんだ。今日はゆっくり飲もう」

耕平がピッチャーからグラスにビールを注ぎ、配った。それぞれに行き渡ったのを見て、グラスを持ち上げる。他の三人もグラスを持ち上げ、中央で合わせた。

井手が帰ってきた週の週末、耕平の呼びかけで同期が集まっていた。

耕平は、久しぶりに和やかな空気の中に身を置いている気がした。

藤浦はあの日以来、姿を現わさなかった。おかげで学習ルームにはゆったりとした雰囲気が戻ってきている。

それに、こうして同期四人が顔を揃えて食事をできるという事実が、何よりもうれしい。

「でも、緊張してただけとは。若林さんから聞いて驚きました」

「俺だって人の子だっつうの」

「すいません……」

釘宮が、肩を竦《すく》める。

「けど、そう言われてみれば、わかるわ。たまに見かける井手君の顔、強ばってるもんね」

「福原の職場の前は、よく通るからな。見られてたか」

「私はまた、てっきり井手君が真壁班の一員になったから強面《こわもて》の表情を作ってるのかと思ってたわ？」

「真壁班？　なんだ、それは」

井手が目を丸くして聞き返す。

「知らないの？」

仁美も、目を丸くして井手を見た。

「知らないな。なんのことだ？」

「どうやら更生者たちが、強面の監視員を見て、そう呼んでるらしいね」

耕平が言う。

「強面の？　俺もそうだと言うのか？」

「充分、強面じゃないですか、井手さんは」

そう言う釘宮の頭を、井手は軽く叩いた。釘宮は首を引っ込めるが、その顔は笑っていた。

「心外だな……」

「そうか。井手君は真壁班だと思われてるから、更生者たちが話しかけてこなかったのね。だから知らなかったんだわ、きっと」

「真壁班って呼ばれたら、更生者たちは話しかけてこないのか？」

「私のところに来る更生者の人たちからは、そう聞いてるわ。ちょっとでも粗相があればすぐ、科料を加えられるからって」

「ムチャクチャだな。そりゃ、俺はどっちかといえば更生者たちには厳しいけど、ちょっと抗弁されたぐらいで科料を加えることなんてしないよ。何人ぐらい、そう思われてるんだろうな」

「さあ。私が聞いたのは、三、四人ってとこかしら」

「誰が言ってるんだ？」

「それは言えないわ。一応、守秘義務がありますから」

仁美が言う。

そこに、男が現われた。

「新人同士の飲み会ですか？」

柔らかい物腰で話しかけてくる。

耕平は声がした方を向いた。

「照屋さん」

「久しぶりですね、若林さん」

相変わらず、小麦色に灼けた顔に白い歯を覗かせる。井手が立って一礼した。照屋が笑顔でうなずく。

「彼が釘宮君で、彼女が福原さんですね。メディカルルームの」

「ご存じだったんですか？」

「井手から、君たちの話は聞かされてますから。それに、福原さんは何度かお見かけしたこともありますよ。もっとも、福原さんは覚えてらっしゃらないでしょうけどね」

「いえ……すみません」

仁美は少し頬を赤らめて、うつむいた。

「いいんですよ。部署も違うんだし。釘宮君。搬出入センターの仕事はどうですか？」

「俺のことも知っててくれてるんですか？」

「もちろん。ずいぶんと、失敗をやらかしてるという話ですが」

「あ……」

釘宮が眉尻を下げてうつむいた。

「あはは。ごめん。そんなに気にしないで。私も、今でこそ井手の指導を任されてますけど、配属当初は、よく失敗をやらかしたものです。一度、舎房の鍵を紛失するなんて失敗もしてしまいましてね」

照屋の言葉に、四人が振り向く。

「管理室のデスクの脇に落としていただけだったからよかったものの、本当に紛失してたら、私は今頃ここにはいませんよ」

照屋が微笑む。四人はつられて、微笑み合った。

「じゃあ、私はこれで――」

「あ、照屋さん、一緒にどうですか？」

「そうですよ。せっかくですから、いろいろお話、聞かせてください」

「先輩。みんなもそう言ってますから、少しだけお願いします」

井手が頭を下げる。

「じゃあ……邪魔でなければ」

「邪魔だなんて。どうぞどうぞ」

釘宮が立ち上がって、席へ誘導する。釘宮はそのままウエイトレスに駆け寄って、グラスを一つもらってきた。

井手もいったん外に出る。照屋は、四人の真ん中に座った。隣には仁美がいる。

仁美は、照屋の横顔に見とれていた。その視線に気づいた照屋が、振り向いて微笑みかける。

「何か付いてますか？」

「あ、いえ……」

仁美はまた、うつむく。

仁美の様子を見ていた井手と耕平は、顔を見合わせてニヤッとした。

グラスを取って戻ってきた釘宮が、ビールを注ぎながら仁美に目を向ける。

「あれあれ、福原さん。さっそくときめいてるんですか？」

釘宮が、からかうように言いながら、照屋にグラスを差し出した。

「バカ。何言ってんの！」

仁美は、上目遣いで釘宮を見て、キッと睨んだ。が、その表情は明らかに、メディカルルームの医療担当者の顔から、一人の女の顔になっていた。

「いやいや。私は、メンタルケアの先生なんかに好かれる人間じゃないですよ。井手と若林さんは知ってますけどね。私は元々はここの更生者だったんです」

「更生者？　じゃあ、若林さんが言ってた更生官の人って……」

釘宮の言葉に、耕平はうなずいた。

「この人が？　とても見えない。笑顔だって優しいし、顔もスタイルもいいスポーツマンみたいだし。もっと怖い人かと思ってました。あ、すいません……」

「そう何度も謝らないで。こっちが恐縮しちゃうから」

照屋は笑いながら、釘宮の肩を軽く叩いた。

「何をされたんですか？　よかったら、聞かせてもらえないですか」

仁美が、照屋の顔を覗き込む。

「いやあ、本当につまらない傷害なんですよ。街で友達といる時にからまれましてね。それで、つい勢いで……。ケンカになったのは仕方なかったと思うんですけど、やっぱり暴力は何も生まないということが、身に染みてわかりました」

「それで更生官を？」

「ええ、まあ。みなさんも知ってると思いますけど、真壁主任に、私の今後の身の振り方を相談した時に、よければ更生官にならないかと言ってくださって」

「真壁主任が……」

仁美は、大きくうなずいていた。

「先輩。そういえば、自分は真壁班なんて呼ばれてるらしいんですけど、知ってますか？」

井手が訊く。

「ああ、真壁班か。懐かしいな」

「懐かしい？」

釘宮が聞き返した。照屋は、釘宮の方を向いて、

「あれは、私が更生者としてここにいた頃、同じ職場にいた少年更生者たちと付けたあだ名なんですよ」

「照屋さんたちが付けたあだ名？」

耕平は思わず聞き返した。

「ええ。私が舎房に入った頃は、ここがまだできたばかりの頃でしてね。当時は、日本に初めてできた民間刑務所ということで、誰もが模索中の状態でした。名前も『更生所』で

すしね。その頃は、のんびりとした空気の中にも緊張感が漂ってました。教育者として振る舞う更生官もいれば、言い方は悪いが、ゲシュタポみたいな扱いをする更生官もいた。更生者もそうです。素直にやり直そうと地道に努める者もいれば、更生者というネーミングに騙《だま》されて、何かと騒ぎを起こす者もいた。その統制を執《と》ったのが、舎房管理の責任者に抜擢された真壁主任なんです」

照屋は、一息ついてビールを含んだ。話を続ける。

「真壁主任は、そうだなあ、簡単に言えば、どの学校にもいる怖い先生といった感じだったな。厳しいけれど、是々非々の評価もハッキリしてる。無用な騒ぎを起こす更生者には、真正面からぶつかってました。その一方で、無謀な暴行を繰り返す更生官も、容赦なく切り捨てていった。それだけやられれば、更生者も文句は言えないですからね。次第に混乱も治まって、今のような姿ができあがったというわけです。とはいえ、主任クラスの厳しい更生官が多いのも事実。なもんで、そういう人たちを総称して、仲間内だけで真壁班と呼んでたんですよ。それが、いつのまにか広まってしまいましてね」

「そうだったんですか。そういうことだと思った。若林さんが、大げさなこと言うから、実は俺も、気になってたんですよ」

釘宮が言う。

「おい……」

耕平は、バツが悪そうに小声でいさめる。

「何を言ってたんだ、若林は？」

「それがね。真壁班ってのは秘密部署みたいなもので、実は陰で暴力行為を行なってるから、更生者たちは怖れてるんじゃないか……なんて言ってたんですよ」

「秘密部署とは言ってないだろ」

耕平は釘宮の口を手でふさごうとしながら、チラチラと照屋を見た。

「秘密部署か。そりゃいい」

照屋は笑った。

「すみません。推測でそんなこと口にして」

「いやいや。若林さんの言うことも、わからなくはないですよ。今誰が真壁班と呼ばれてるのかはわからないけど、実際、私らの頃もわざわざ仲間内で名簿まで作って、真壁班の更生官は避けて通るようにしてましたから。そんな不自然な態度を見れば、そう思う人もいるでしょう」

「じゃあ、真壁班というものはないんですね？」

仁美が念を押した。

「ありませんよ。あれは、私が更生者時代に少年更生者と作ったあだ名です。まだ生きてるとは思わなかったですけどね」

照屋はきっぱりと言い切り、仁美を見た。

「誰がそんなことを言ってるんです？」

優しい口調で訊く。仁美は答えられずうつむいた。と、井手が照屋に言った。

「守秘義務があるから言えないそうですよ」

「そうか。だね。すみませんでした、福原さん」

謝る照屋に、仁美は微笑んでみせた。

「まったく……若林の妄想癖にも困ったもんだな。そういう話が更生者に漏れたら、実体がなくても噂で勝手に広まってしまうんだぞ。もう少し気を付けろよ」

「まあまあ、いいじゃないか、井手。若林さんも、もしそういうことがあっては大変だと思ったんだろう。そうですよね」

「ええ……本当に、すみませんでした」

耕平は膝に手をついて、頭を下げた。

「やめてください。元々は、私が少年たちとそんなことをおもしろがって始めたのがいけないんですから。まあでも、疑念は晴れたわけだからよかったじゃないですか。ただでも、大変なんでしょう、藤浦のことで」

「ご存じでしたか」

「彼の扱いには、舎房でも悩みの種なんですよ。クレバーですからね、彼は。決して科料対象となるようなことはしない。それでいて、挑発するようなことばかりする。更生官が暴行された事実でもあれば、すぐに反省房行きなんですけどね……」

照屋が言う。

耕平は一瞬、エレベーターホールでの出来事を口にしようとした。が、手前で言葉を飲み込んだ。

さすがに、更生者に凄まれて、説教までされたとは言えなかった。

「彼には、気をつけてくださいね。一番の対処法は関わらないことです。こう言うと無責任に聞こえてしまうでしょうけど」

照屋は腕時計を覗き込んで立ち上がった。

「私はそろそろ。みなさん、ゆっくりなさってください」

言うと席から離れ、一礼して出口カウンターへ向かった。

「ステキな人ね……」

後ろ姿を見ながら、仁美が思わずつぶやいた。

「やっぱり、福原さん、そうなんだ」

「あ、いや……違うって！」

仁美はあわてて顔の火照《ほて》りをごまかすように、グラスのビールを飲み干した。

耕平は、仁美を見て微笑んでいた。その先に、国見の姿が見える。国見がチラッと耕平たちを見やる。

耕平と目が合った。が、すぐ目を背け、厨房の奥へ引っ込んだ。

「一度、訊いてみないとな……」

「何か言ったか?」

井手が訊いてくる。

「いや……」

耕平は笑みを作って背筋を伸ばし、ビールを飲み干した。

9

翌日、耕平は港に来ていた。途中、国見の家に寄るつもりだったが、避けられている人物の家にのこのこ顔を出すのはもう一つ気が引けた。

そのまま歩いているうちに、港に出てきていた。

港では、漁師たちが水槽から魚を出していた。鮮やかな青い色をした魚や赤くトゲトゲしい魚たちが、次々と陸に揚げられていく。

箱に流し込まれた魚を、老女たちが手際よく仕分け、鉤《かぎ》を引っかけて、だだっ広いコンクリート造りの市場に運んでいく。

と、その中に見たことのある顔があった。

耕平は、邪魔しないように堤防沿いを歩きながら、作業している初老の男性に近づいた。

「あの……島袋さんじゃないですか?」

地面に座り込んで作業をしていた男性はチラッと耕平を見たが、すぐ作業に戻った。

「空港で働いてるんじゃないんですか?」

「わしは、元々漁師だ。向こうの仕事がない時は、こうして港に出てる」

目も合わせず、無愛想な口調で言う。しかし、返事をしてくれたことが耕平はうれしかった。

「そうなんですか。その赤い魚は何ですか?」

耕平は、赤くて目玉が大きく、鋭い背びれを持った魚を指さした。

「これは、グルクンさ」

「グルクンですか?」

「ああ。内地にはないだろうがね。腹割《さ》いてな、骨まで食えるぐらいカラカラに揚げたら、うまいさ」

島袋は、魚の仕分け作業を終えると、立ち上がって歩き出した。

耕平も、なんとなくついていく。

「島袋さん。お会いした時に、更生所の人間なんかと一緒にするなと言ってましたよね。

どういう意味なんです？ それが気になってて——」

耕平が訊くが、島袋は黙々と歩いた。

「よかったら、教えてもらえませんか？」

しつこく訊いてみると、島袋は立ち止まって耕平を見上げた。

「ここは何もなかったが、自然豊かで島民がひっそりと暮らしてた島だった。それを連中が勝手に入ってきて妙な建物をおっ建てて、妙な連中を集めて、勝手なマネばかりし始めた。おかげで、わしらの静かな暮らしがなくなった。森に自生してた果物もなくなったし、更生所が垂れ流す汚水で海も汚れて魚も捕れなくなったさ」

「ですが、この島の雰囲気のおかげで犯罪を犯した人たちも落ち着くことができて、どんどん更生してる。いいことじゃないですか」

「更生してるだと？」

島袋が眉間に皺を寄せて、耕平を見据える。

「あんな牢獄に閉じこめられて、更生なんかできるのか。わしには、捕虜収容所にしか見えないさ」

島袋は、そう言って歩き出した。

「どういうことですか？」

「こんな海に囲まれた島で、閉鎖された建物の中にいて、人がまともに育つわけがない。

必ずひずみが出る。いや、もう出てるさ、きっと。ニーニみたいな若いモンは知らんだろうけどな。わしらの親やおじーは、そういう目に遭ってるさ」

島袋が言う。

耕平は何も言えなかった。おそらく、沖縄戦の話をしているのだろう。沖縄の南に位置するこの島も、きっと、本土決戦の舞台になったに違いない。

実感はないが、島袋が更生所に嫌悪感を持つ気持ちも、なんとなくわかる気がした。

「それでも、あそこは収容所じゃありません。少なくとも僕は、更生者をそんな目で見たことはないですし、これからもそういう目で見ようとは思ってないです」

島袋が歩きながら、ジッと耕平を見据える。耕平もまっすぐ島袋を見返した。

「ニーニのことは、もうわかったさ。制服着てるからっていい気になるな。力を持ったと勘違いするな。そうなったら、しまいだからさ」

島袋はぶっきらぼうに言った。耕平がうなずく。ようやく島袋の目尻が弛んだ。

島袋は堤防の端まで来て、立ち止まった。

大きな鮫が揚げられていた。その脇で中年漁師が腕組みをして、鮫を見据えている。

「島袋さん。こいつ、どうするさ？」

中年漁師は、島袋を見て、声をかけた。

「いつものように割いて、捨てればいいさ」

島袋が言うと、中年漁師は作業場へ引っ込んでいった。

「捨てるんですか?」

「ヒレなんかはまだしも、肉は練り物にするしかないさ。鮫はさ、臭いから、そのままでなんて、とても食えたもんじゃないからさ」

話していると、中年漁師がクレーン車に乗って戻ってきた。耕平が道を開ける。

「何するんですか?」

「吊るして、腹捌くのさ。置いたまま捌くよりは、いくらか楽さね」

中年漁師が言う。

島袋がクレーンの鉤に鮫の口を引っかける。合図をすると、中年漁師が、ゆっくりとワイヤーを巻き始めた。

横たわっていた鮫がズルズルと固い皮膚を削られながら、持ち上げられていく。鮫の全長は二メートル以上あった。

耕平は見上げて、改めてその大きさを実感した。

クレーンに乗った漁師は、ワイヤーを止めて降り、二人用ののこぎりを持ってきた。島袋と組んで、手際よくヒレを落としていく。

すべてのヒレを切り落とすと、のこぎりを置いた。島袋が大きな鉈《なた》のようなものを持ってきた。

「それで、腹を捌くんですか?」

「鮫の皮は厚いからね。見てみろ」

島袋が目で、切り落としたヒレを指す。

覗き込んでみると、肉の周りが分厚い皮に覆われていた。

「ニーニ。はらわたが飛び出たら臭いから、下がってろ」

耕平は言われたとおり少し後ろに下がった。

島袋が、大きな鉈のような刃物を振り下ろす。先端が皮から肉へとめり込んでいく。もう一人の漁師が峰に両手を載せ、思いっきり体重をかけた。

腹が真下にまっすぐ割けていく。と同時に、はらわたの内容物が飛び出した。少し離れたところにいた耕平のところにまで悪臭が漂ってきた。

内容物が島袋たちの足下に転がった。島袋と中年漁師は腹の中に残ったものをスコップで搔《か》き出していた。

と、大きく白い固まりがゴロッと転がってきた。島袋の足に当たり、耕平の足下にまで滑り、止まる。

耕平は何気なくその白いモノを見た。とたんに目を見開いた。

「ひっ!」

頭蓋骨だった。右半分がなくなっている。大きく開いた左眼窩のあたりに鮫の血肉や溶けかけていた魚の肉がべっとりとこびりついている。

耕平は身を強ばらせたまま、頭蓋骨を凝視していた。

しかし島袋は、チラッと耕平の足下を見ただけで、たいして驚きもせず、作業を続けた。

「あの、これ……人の骸骨ですよね?」

「そうさ。けど、このぐらい大きいのを捕まえた時は、めずらしいことでもないさ。地元の漁師もけっこう食われてる。最近は海の怖さも知らん連中が、釣りとかダイビングなんていうもので海に入って、食われることが多くなったさ」

「どうするんですか?」

「その骨は、あんたとこの病院に届けるさ。ナンタラっていう技術で顔を復元して、身元を判明させるんだと」

「スーパーインポーズですね」

「そう。そのナンタラさ。だから、大きい鮫を揚げた時は、嫌でも割かなきゃならないさ」

島袋は悪臭に顔をしかめつつ、作業を続けていた。

耕平は、頭蓋骨を見ながら、照屋が言っていた言葉を思いだした。

『素人が生半可な操船で漕ぎ出せば、転覆して鮫に食われるのがオチですよ』

その現実を目の当たりにし、耕平は身震いした。

# 第四章　蠢く蛇の群

## 1

仕事を終えた耕平は、制服のまま一人でタウンエリアのカフェに来ていた。港で、頭蓋骨を見てから三日。毎日、タウンエリアが閉まるまで、カフェやレストランで時間を潰している。

「はああ……」

深いため息をついて、ライトアップされだしたプールを見つめていると、差し向かいの席に誰かが座ってきた。

「若林さん」

声に気づき、顔を上げる。カフェオレを片手に、仁美が微笑みかけてきた。耕平は仁美に、力ない笑みを向けた。

「顔色悪いね。死体、見たんだって？」

「……おかげで、よく眠れなくてね」

「思い出すの？」

「ああ。一人で部屋にいたり、目を閉じたりすると、足下に転がってきた血肉まみれの髑《どく》髏《ろ》を思いだしてしまうんだ。情けない話だけど、それがちょっと怖くてね……」

「情けなくなんかないよ。それが普通だもの」

仁美の言葉に、耕平はまた、力のない笑みを浮かべ、プールを見やった。

「でも、普通って、いいことよ」

「ありがとう。そう言ってもらえると、気が楽だよ」

「慰《なぐさ》めじゃなくて。大事なことだと思うの。私、死体は何度か見たことがあるのね」

「死体を？　本物の？」

耕平は、仁美を見た。

「もちろん。専攻は心理学全般なんだけど、人の心理を知る過程で、人体の仕組みも知りたくなってね。知り合いの教授に頼んで、医学課程の聴講をさせてもらってたことがあるの」

「じゃあ、本物だな」

「大学の研究用に献体された遺体なんだけど、病死した人の死体もあれば、事故死体もあった。最初は、私も眠れなかったわ。目を閉じると、その人たちの顔が出てきて」

「今の僕と同じだね」

　仁美がうなずく。

「でも、不思議よね。二体、三体と見ていくうちに慣れてしまうの。慣れてくるほどに、興味は人という物体を構成するパーツに移っていって」

「パーツっていうと、内臓とか、骨とか？」

「そう。私は脳や胸部に興味があったの。いつしか、目玉が飛び出してて、脳みそ丸出しの顔を見ても、あまり驚かなくなってたわ」

　自嘲しながら言う。耕平は、目を丸くした。

「聴講を終えてまた、心理学の方に戻ったのね。私は、有益なことだと思ってた。けど、実際にケアで人と接した時、本当に有益だったのかどうかわからなくなっちゃって……」

「どうして？」

「目の前にね。今みたいに若林さんが座ってるでしょ。それが、ヒトという形をした物体にしか見えなくなってたの」

「物体……」

「ほら。人間なんて、一皮剝いてしまえば、どんな人も同じでしょ。皮膚の下に筋組織があって、骨があって。口から出る言葉だって、脳というコンピューターの中で合成したものを、声紋を使って音にしてるだけだもの」

「ロボットみたいだな」

「そうなの。まさしく、ロボットにしか思えない時があったの。心なんて、体のどこを開いても、目に見える形で存在するものじゃないからね」

「今でも……？」

「たまに、そう思えてしまうこともあるわ。一度、そういう思いをしてしまうと、なかなか普通には戻れない」

仁美は、小さくため息をついた。

「逆に、経験が生きてる部分もあるけどね」

「どんなとこ？」

「近頃、残酷な犯罪が多いでしょ。あれは、やっぱり情報の過激さが一因のような気がするの。昔なら、決して見ることのなかった死体のシーンなんかも、平気でテレビやネットを通じて目に触れるでしょ。それで、慣れちゃってるんじゃないかと思う」

「バーチャルでも？」

「問題は、それを怖いと思えるかどうかなのよ。死体が怖いと思う心理は、自分の死に対する恐怖と直結してるの。その死体に自分の死を見るのね。だから怖い。けど、慣れてしまうと、相手も自分も単なるモノ。死というものが単純に、モノが壊れるということと変わらなくなる」

「それで、平気で残酷なリンチ事件なんかが起こるというわけか？」

「そういう側面もあると思うわ。それを抑えてるのが、怖いという感情。人間は恐怖の感情を失ってはいけないのよ、きっと」

「だから、僕が怖いっていうのは、悪くないということか」

耕平の言葉に、仁美がうなずく。

「そうか……これでいいのか……」

「いいのよ。怖いっていう感情を無理に抑え込む必要はないの」

「そうか。うん……そうだな。でも、眠れないのは困るなあ」

「あれだったら、医師に頼んで、軽い眠剤、出してもらいましょうか？」

「いや、いいよ。薬に頼ると、手放せなくなりそうだから。ありがとう。本当に気分が楽になったよ」

耕平は、ようやく普通に微笑むことができた。仁美も微笑み返してうなずき、カフェオレを口に運ぶ。

「そういえば、仁美さんならわかるかな。あの日上がった髑髏の身元はわかったのかな」

「さあ。メディカルルームは、直接関与しないから。でも、身元がわかれば、家族の方が引き取りに来るんじゃないかしら」

「そっか。地元の人だったり、レジャーを楽しみに来た人だったら、やりきれないだろうな、家族も本人も……」

「ホントね……。そうだ、若林さん。身元の引き取りに立ち会うといいわ」

「僕が？　でも、まだ身元はわかってないんだろ」

「わかったらの話よ。家族の方が悲しむのを見たら、若林さんの中から、骸骨に対する恐怖がいい意味でなくなると思うの。私たちにはただの骨でも、家族にとっては、生きた証《あかし》だから」

「……そうだな」

若林は、ふと弟のことを思いだしていた。

ケンカで殴られ、腫《は》れ上がった顔。今考えれば、とても人間の顔には思えなかった。しかし、恐怖を感じることはなかった。ただただ、悲しみが込み上げてきただけ――。

若林は、小さくうなずいた。

「でも、イチ更生官が立ち会うことなんてできるのかな」

「メンタルケアの担当官に話しておくわ。更生官の心のケアも、私たちの仕事だから」

仁美が言う。そこに、背の高い男が近づいてきた。

「ここにいたんだね」

照屋だった。耕平は頭を軽く下げた。

照屋は、仁美のイスの背に手をかけ、仁美に微笑みかける。見上げる仁美の口元に笑みが浮かび、両眼がかすかに潤んでいた。

「照屋さん。今、若林さんと話してたんですけど――」

ちょっと甘えたような口調で、耕平と話していたことを照屋に話しだした。

「ホント、大変でしたね、若林さん」

「いえ……」

「私も、何度か見たことはあるんですよ。鮫の腹から出てきた骨を。やっぱり、何度見ても、気持ちのいいもんじゃありませんからね」

「だから、若林さんを身元引き受けの時に、立ち会わせてあげたくって。ご家族の悲しみを目の当たりにすれば、恐怖心はかなり癒《い》えるでしょ」

「そうだね。まだ、身元は判明してないみたいだが、身元がわかったら若林さんが立ち会えるよう、僕のほうからも、真壁主任を通して頼んでみよう」

仁美に対する照屋の口調は、明らかに違っていた。

そういうことか……。

耕平は、少し嫉妬を覚えながらも、微笑んで立ち上がった。

「よろしくお願いします」

言って、コーヒーカップを持つ。

「若林さん。これから二人で食事するんですけど、一緒にどうですか？」

「いえ。話を聞いてもらったおかげでだいぶ落ち着いたんで、今日は寝ることにします。なんせ、ここ三日間ろくに寝てないもんで」

「そうですか。睡眠は大事ですからね」

「ですね。じゃあ」

耕平は照屋と仁美に笑みを向けて、コーヒーカップを食器カウンターへ持っていった。振り返る。耕平のいたテーブルでは、照屋と仁美が身を寄せて笑い合っている。

「インテリ美女も、美男には弱いというわけか」

耕平は絵になる二人を見て微笑み、宿舎へと戻っていった。

2

照屋は仁美を見つめた。はにかんだ笑みを浮かべる仁美に照屋も微笑みを返し、優しくキスをした。

「好きだよ、仁美さん」

「私もよ、照屋さん。仁美でいいわ」

「僕のことも栄勝《えいしょう》でいいよ」

「じゃあ……栄勝さん」

恥ずかしそうに下の名前を呼ぶ。照屋はもう一度微笑みかけ、キスをした。

「何か飲むかい？」

「ビールでいい。私が取ってくる」

「いいから。ここは、僕の部屋だから」

照屋は裸のままベッドを降り、キッチンへ向かった。

照屋の背中を見つめながら、仁美はシーツを胸元に巻いて、上体を起こした。照屋が缶ビールを二本持って戻ってくる。

仁美の横に座った照屋は長い脚を投げ出し、仁美にビール缶を一つ渡した。

「ありがと」

仁美は缶を受け取り、プルを開いた。プシュッと涼しげな音が弾ける。

二人は見つめ合ったまま乾杯し、渇いた喉にビールを流し込んだ。照屋はサイドボードに手を伸ばし、タバコを取った。

「あ、タバコは嫌いかな？」

「ううん。自分では吸わないけど、人が吸ってるのは平気だから」

「じゃあ、遠慮なく」

照屋はタバコを咥え、火をつけた。煙を吸い込んで、天井を見つめ、白く濁った煙を吐き出す。

「でも……宿舎の中で、こんなことしてていいのかしら」

「大丈夫だよ。うちは、業務に支障を来さなければ、所内恋愛は自由なんだから。僕とこんなふうになって、後悔してるのかい？」

照屋は仁美の顔を覗き込んだ。仁美は頰を染め、首を小さく横に振る。

「うれしいよ。仁美のような女性とこんなふうな関係になれるなんて。夢みたいだ」

「私も。ここへ来て、照屋さんと出会えたことが、すごくうれしいと思ってる」

仁美が顔を上げて、照屋を見つめる。照屋は軽くキスをして、枕に背もたれた。

「実は、僕ね。君がメディカルルームへ来た時から、気になってたんだ」

「ホントに？」

「本当だよ。でも、手の届かない人だと思ってた」

「どうして？」

「メディカルルームに配属されるということは、それなりの学歴や専門知識を持った人だからね。あそこは、舎房管理ビル内でも、エリートさんたちが来る場所なんだ。でも、僕は元懲役。高校も中退したし。とてもじゃないけど、不釣り合いだと思ってね」

「そんなことない。人の価値は、学歴や知識なんかで左右されないものよ」

「みんなそう言うけど、実際は口で言うほど思っていない。僕も、僕の友達も、そういう世間の目で苦労したクチでね。何かあるとすぐ、僕らのせいにされてしまう。それでガマンできなくなって、つい……ね」

照屋は、自嘲するような笑みを浮かべ、遠くを見つめた。

「どこか、ひがみ根性があったんだね。高校を辞めたのは、自分なのに」

「今は？」

「今はないよ。こんなヤツでも、真壁主任は認めてくれて、僕に仕事まで与えてくれたんだ。小さなことだけど、それが自信になってね。だから、更生者から〝真壁班〟なんて呼ばれてること自体、心苦しいんだ。みんなに誤解されてる。もっとも、言い出しっぺは僕なんだけどね」

自嘲する。

「それで私に、真壁班と言ってるのは誰かなんて訊いたのね？」

「僕のことは何を言われてもいいけど、主任のことが悪く言われるのはなんとなくやりきれないから。僕から更生者たちと話してみようかと思って。いいんだ、そのことは忘れて。君の言う通り、守秘義務があるんだから」

照屋がタバコを灰皿で揉み消す。ビール缶を握ったまま、仁美の肩に手を回し、引き寄せた。

「でも、どうしてだろう。こんなこと話したの、君が初めてだ」

「うれしい……。あのね。私の話も聞いてくれる？」

「なんでも」

「私、照屋さんが思ってるような女じゃないのよ」

「そんなことない。君は綺麗で、聡明で。僕には、本当にもったいないくらいの――」

照屋の言葉の途中で、仁美はうつむき、首を振った。

「私、ここへ来る前、不倫をしてたの」

仁美は、ビール缶を強く握った。

「大学院で一緒に研究をしていた五つ上の准教授でね。とても尊敬できる人だった。奥さんも子供もいたの。もちろん、それを承知で付き合ってた。彼の家庭を壊す気もなかった。けど、彼から結婚を迫られたことがあって。そんなの口だけだとわかってたのに、つい、その言葉を信じちゃって……」

仁美はフッと笑みを浮かべた。

「バカでしょ。それから、自分でも想いを止められなくなっちゃってね。ついには、彼の家にまで押しかけちゃって。でも、彼の子供を見た時に、ここに私の入る隙はないって気づいてね。それでもう、研究所にもいられなくなってここへ来たの。ホントはね、ここへ逃げてきたの、私。そういう女なのよ」

「だから？」

「だから……私なんて」

仁美がうつむく。照屋は、仁美を抱き寄せた。

「過去なんてどうだっていい。過去のことを言い始めたら、それこそ僕のほうが資格なんて持たない人間になってしまう。僕は君を愛している。それでいいじゃないか」

「ホントに？」

「こんなことを冗談で口にするほど、僕は器用じゃない」

照屋は仁美を引き寄せ、そっと唇を重ねた。少しして唇を離し、ジッと見つめ合う。

仁美は、照屋の胸元に頭を預けた。

「信じていいのね」

「信じてほしい。そうだ。今度の週末、僕と那覇にでも行かないか。ここへ来て、まだ外へ出てないだろ。僕の育った街を君にも見てほしいし、親友にも会わせたい」

「私でいいの？」

「君だからいいんだ」

照屋の言葉に仁美がはにかみ、顔を伏せる。照屋は仁美の頭を抱き寄せた。

仁美が、照屋の腰に巻いた腕に力を込める。照屋は頭を撫でながら、冷めた目で仁美を見下ろしていた。

3

翌日の午前中、照屋は主任管理室を訪れた。デスク前に歩み寄り、真壁に敬礼する。

「失礼します」

「どうだ、女のほうは？」

「今のところ、彼女はシロかと思われますが、週末、本島へ出かけた時、さらに詳しく調べようと思っていますので、離島許可をお願いします」

「よかろう。申請しておく」

「ありがとうございます。それと、若林なんですが」

「どうかしたのかね？」

「遺族の遺骨引き取りに立ち会いたいと言いだしまして——」

「遺骨引き取りに？」

「はい。放っといてもよかったんですが、福原の提案だったもので、私も断り切れませんで。どうしましょうか？」

「ふむ……」

真壁は、腕組みをして眉間に皺を寄せた。少し宙を睨みながら考える。そして、ゆっくり顔を上げた。

「わかった。立ち会わせよう」

「しかし、主任。あれは、嘉久《かく》院長の診断の結果、多家良の頭蓋骨の一部と判明したものですよ。どのように？」

「放っておくわけにもいかんだろう。立ち会いさせなければ、またあれこれ調べだしかねない。難しい話ではない。私に任せておけ」

「よろしくお願いします」

照屋は言って、深く頭を下げ、部屋を出た。

「まったく……厄介なヤツに発見されたものだな」

真壁は舌打ちして、引き出しから無線レシーバーを取り出した。周波数を合わせ、送信スイッチを握る。

「こちら、真壁」

——玉城です、どうぞ。

「至急、資料室へ出向き、琉球諸島近海で行方不明になっている者のリストを取ってこい」

——了解。

短い通信で、無線は切れた。

二日後、耕平の元に、遺骨の身元が判明し、遺族が引き取りに来るとの連絡があった。仲間賢治《なかまけんじ》という二十代後半の男性だった。琉球諸島沖でダイビングをしている時、行方不明になったらしい。

耕平は、須間の許可をもらい、タウンエリアの病院地下にある霊安室に来ていた。

霊安室のベッドには、棺桶《かんおけ》が置かれていた。しかし、その中に入っているのは、頭蓋骨と手足の何本かの骨だけ。他の骨は、鮫の腹からは出てこなかった。

現場には、病院長の嘉久と杉本総管理官も立ち会っていた。

三人は、遺族が到着するまで、霊安室の前の長イスに座っていた。

「若林君。君は、何があっても取り乱すんじゃないぞ。とくに、骸骨を見て怯えるような仕草は絶対にするな。私たちには骸骨でも、遺族にとっては、その人本人に変わりないんだからな。失礼のないように」

杉本総管理官に言われ、耕平は強くうなずいた。

耕平たちが霊安室の前に来て、十五分ほどが経った。受付の女性職員に連れられ、五十代後半ぐらいの女性と三十代ぐらいの女性が二人、歩いてきた。

初老の女性は、白いハンカチで口元を押さえ、うつむいたまま歩いてきていた。その脇を、若い女性が支えている。

　立ち上がった耕平は、歩いてくる女性たちを見つめた。

　ドラマなどで見るような光景だったが、実際、遺族を前にすると、予想以上に重い悲しみが伝わってきた。

「仲間さんですね。当所の総管理官、杉本です。このたびは、ご愁傷様です」

　杉本が頭を下げる。脇にいた耕平も、頭を下げた。

「賢治の姉です。遺体は、どこに?」

　若い女性が訊いてきた。

「霊安室の中にあります。その御遺体なんですが……。頭部半分と体の一部の骨しか発見されませんでした。身につけていたものも、流失してしまったようで」

「鮫に食べられていたと聞いた時から、そのことは覚悟していました。ねえ、お母さん」

　姉が、母に語りかける。母は、背を丸めたまま小さくうなずくだけだった。

「では、確認していただけますか?」

　杉本の言葉に、姉はうなずいた。

　霊安室の重い扉が開かれる。白々とした空間の中に、ポツンと棺桶が置かれている。その上部に、位牌が飾られ、線香が焚かれていた。

　杉本が先導して、遺族を中へと案内する。そのあとに、病院長と耕平が入っていった。

中へ入った五人は、霊前に両手を合わせた。

杉本が棺桶を開く。病院長が素手で骸骨をつかみ、棺桶の横のスペースに置いた。

一番後ろにいた耕平は、一瞬ドキリとした。すぐ仲間の母と姉を見やる。姉は冷静に見ていたが、母は息子の無惨な姿に頰を引きつらせていた。

「賢治……」

気丈に受け答えしていた姉の目に、涙が光った。下唇を嚙み、あふれそうになる涙を必死に堪えている。

母親は、姉の後ろで、まだ表情を引きつらせている。耕平は、母親の様子を怪訝そうに見ていた。

「お母さん。よく、ご覧になってください」

嘉久が言った。

と、母親は大きく息を吸い込んで、ベッドサイドに駆け寄った。

「賢治……賢治！」

母親は、半分しかない頭蓋骨にしがみついたとたん、ボロボロと涙を流し始めた。

「我慢してたんだな……」

泣き崩れる母親の姿を見て、耕平の中から骸骨を発見した時の恐怖が消えた。むしろ、骸骨を怖いと思った自分が恥ずかしいとさえ、感じた。

「賢治、賢治！」

「お母さん！」

姉も膝をついて、母親の背中を抱きしめた。

「どうして、こんな姿に。母子家庭のうちの家計をずっと支えてくれて、やっと結婚も決まって、これから……これからだっていう時に。この子が何をしたっていうの。何をしたっていうの！」

母親は、霊安室に響き渡るほどの大声で泣き叫んだ。姉は母の背中に顔を押しつけ、声を押し殺して泣いていた。

病院長も、杉本も、耕平も、かける言葉もなく、ただただ悲しみにくれる母娘を見つめるだけだった。

「お母さん。さあ……」

杉本が屈んで、母親の両腕に手を添え、立たせた。

嘉久が骸骨を受け取って、棺桶の中に納めた。杉本が霊安室から母娘を連れて出る。

「では、仲間さん。引き取り手続きがありますので、お願いします」

杉本は、待っていた受付の女性を呼び、案内させた。

「では、私もこれで」

嘉久が会釈し、霊安室前から去っていく。

耕平は、受付女性に連れられ歩く母娘の背中をジッと見やっていた。と、杉本が後ろから肩を叩いてきた。

「骸骨に対する恐怖心は、なくなったかね？」

「なくなったとまでは言えませんが……。少なくとも、眠れないということはなくなりそうです。やはり、母親や姉にとっては、半分しかない骸骨も、生の証だったんですね」

「そういうことだ。犯罪に接するということは、時として死に接するということでもある。死に接するということは、見なくてもいい他人の人生を垣間見ることでもある。そのことを肝に銘じて、これからもがんばってくれたまえ」

杉本の言葉に、耕平がうなずく。

耕平は、振り返って霊安室の扉を見つめ、もう一度手を合わせ、その場をあとにした。

4

仕事を終えた耕平は、一人でタウンエリアのレストランに入った。

と、奥の席に井手の姿が見えた。その斜め横には、釘宮がいる。二人は、ジョッキを片手に笑いながら話していた。

「不思議な光景だな」

耕平は、来たばかりの頃のことを思いだし、フッと笑みを浮かべた。

入口で少し立ち止まったまま二人の様子を見ていると、脇を国見が通りかかった。

「国見さん！」

声をかける。国見はいつものように、耕平と目を合わせないようにし、行き過ぎようとする。

耕平は、少し追いかけて、国見の腕を握った。

「な、なんですか」

肩越しにチラッと耕平を見て、耕平の手を振り払おうとした。が、耕平は腕を離さず、国見の前に回り込んだ。

「こないだ、お宅で伺った例の話ですけど」

「なんのことですか……」

「真壁班――」

言いかけた耕平の口を、国見はあわててふさいだ。国見のほうから手首を握り、厨房へ続く通路に耕平を引っ張り込む。

「まだ、あなたはそのことを――」

「僕が思っていたようなものではないことがわかりました。せっかく食事に誘っていただいたのに、余計なこと伺って、国見さんにイヤな思いをさせてしまったみたいで。ずっと謝りたいと思ってたんです。すみませんでした」

耕平が頭を下げる。

「若林さん……顔を上げてください」

国見は、耕平の肩を両手で握った。上体を起こさせ、耕平を見つめる。

「謝られることじゃないですよ。あの時は、本当に用事がありましたし、とくに避けてたわけでもないんです。ましで、イヤな思いなんて。私は、こういうところでは妙な噂が立ちやすいものだから、振り回されないでくださいと言いたかっただけなんです。私の方こそ言葉足らずだったみたいで、すみませんでした」

国見が被っていた帽子を取って、頭を下げた。

「国見さんこそ、顔を上げてください」

耕平は、国見の腕を握った。

顔を上げた国見は、耕平に微笑みかけた。

「本当にすみませんでした。そんなに気にされてたとは。また、あんな家でよければ、いつでもいらしてーー」

話している途中で、国見の表情が一瞬、強ばった。

「じゃあ、仕事がありますので」

国見は会釈をして、早々に厨房へ戻っていく。

「どうしたんだろう……」

耕平は国見の姿を見送り、フロアへ戻ろうと振り向いた。と、井手が通路の外に立っていた。不意に人の気配を感じ、耕平がギクリとする。

「なんだ、井手か……。何やってんだ」

「厨房のコックと揉めてただろ。何かあったのかと思ってな」

厨房を覗き込む。

「揉めてたわけじゃないんだ。ちょっとした行き違いがあって、話してただけだ」

耕平は歩き出した。井手が並んで、ついてくる。

「行き違いって?」

「以前、おじゃました時に、真壁班のことを訊いてみたことがあってな。知らないと言うのに、僕がしつこく聞いたから、気分を悪くさせたみたいで。けど、国見さんには、そんなつもりはなかったらしくて」

「国見っていうのか、あのコック?」

「ああ。いい人だよ。初めて会った僕を自宅に招いてくれて、接待してもらった」

「また、照屋さんに聞いた時みたいに、真壁班が秘密部署じゃないか、なんて聞いたのか?」

「いやいや。真壁班って聞いたことないかって訊ねただけだ。そうしたら、そういう噂は詮索するなと言われた。妙な噂に流されないようにと注意してくれただけなんだけどな。僕はまた、そんなセリフを聞いたもんで、何かあるんじゃないかなんて、勘ぐってしまって。ホント、バカだよなあ、僕は。自分の思いこみというか、気にしすぎで、いつも誰かに迷惑をかけてる」

「そんなことないだろ」

「いや、そうなんだ。結局、恵……婚約者だった女性なんだけど、僕が弟のことを気にしすぎるあまり、彼女に悲しい思いをさせてしまった。気がついたら、いつもこんな形で、誰かに迷惑かけてる気がする」

「誰にでもあることだ。あまり深く考え込むなよ。な」

井手は耕平の肩を叩いた。耕平は井手に笑みを向け、うなずいた。

耕平と井手は、釘宮が待っている席に戻った。耕平はウエイトレスにビールを頼み、釘宮の隣に座った。

「何を話してたんですか？」

「たいしたことじゃない」

井手が言い、耕平をチラッと見る。

「二人で内緒話ですか？　気になるなあ」

「気にしすぎは、禿《は》げるぞ」

「ひどいなあ、井手さん……」

釘宮は苦笑し、頭を掻いた。

「釘宮。仕事のほうはどうなんだ？」

耕平が訊いた。

「だいぶ、慣れてきました。真壁主任のおかげで、ミスしても怒鳴られなくなりましたし。快適ですよ」

そう言う釘宮の表情に、オドオドした感じは見られない。

耕平は深くうなずいて、微笑んだ。

「ちゃんと言ってくれたんだな。井手も、照屋さんも」

「俺とか、若林みたいに、少々怒鳴られても平気って連中ばっかじゃないからな」

「おまえの言葉とは思えないな」

「更生者の中にもいるんだよ。優しく接しなきゃならないヤツと厳しくしなきゃいけないヤツが。それ見てたら、俺たち更生官も、同じようなもんなのかなと感じてな」

井手はビールを含んだ。

「俺も、井手さんに優しくされるのが、一番ホッとしますよ」

「調子に乗ってると、厳しくするぞ、釘宮」

井手がわざと睨む。釘宮がおどけたように肩を竦める。

「変われば変わるものだな……」

耕平は独りごちて、何も変わっていない自分のことを思い、やるせない笑みを浮かべた。

それが聞こえたのか、井手が言った。

「こんなところにいれば、誰だって変わる。見てみろよ」

井手は、レストランの外に目を向けた。

「このタウンエリアの風景なんか、どう見たって南国のリゾートだ。プールはあるし、土産品《みやげ》まで売ってるショッピングモールはあるし。実際は本土からも島内からも隔離された、海千山千の犯罪を犯した連中がひしめいてる刑務所なんだが。でも、思わないか？これだけ、のんびりした空気と緊張した空気が極端にせめぎ合ってる場所なんて、他にはない」

「そうですよね。俺なんか、このレストランにいる時は、周りに更生者がいることすら忘れてしまいますもん。仕事に入った時の切り替えが大変っす」

釘宮が何度もうなずく。

「でも、その極端な空気のせいで、見えてなかったものが見えてきたんだ。過ちを犯してしまった普通の連中と、根っから犯罪でしか生きられないようなヤツとの違いが。俺も変わったかも知れないけど、根っからのワルには、相変わらず厳しいぜ」

井手が一瞬、目つきを鋭くさせる。

「まあでも、若林の職場は、そういうのがわかりにくいのかもな。俺なんか、そういう空気がわかるプリズンエリアのど真ん中にいるから」

「俺んとこも、井手さんの言うようなことは感じられる場所ですよ。製品チェックをしながら、出入りする業者を見てなきゃならないですからね」

「うらやましいな、二人が……」

「そのうち、おまえにも見えてくるよ。そういう世界が。焦ることはない」

「そうですよ、若林さん。それに、俺はあまり、若林さんに変わってほしくないとこもあるんですよ。若林さんみたいに、人を信じて、人に優しくできるっていうのは、ホントにいいことだと思ってますし。また、それもすごいことだと思うんです」

「そんな立派なもんじゃないよ、僕は……」

　耕平はうつむいて、押し黙った。釘宮がすぐ話題を変えた。

「そういえば、若林さん。遺族への遺骨引き渡しに立ち会ったんですよね。どうでした？」

「意外と淡々としたものだったよ。母親は最初、骸骨を見てビビッてるのかと思ったんだけど」

「ビビってた？」

　井手が聞き返す。

「娘さんの後ろから、遠巻きに見て、顔を強ばらせていてね」

「やっぱり、いくら身内でも、頭蓋骨半分は怖いですよね」

「そうなんだろうな。でも、ホントは泣きたいのを我慢してただけだったんだ。泣き崩れる母親の姿を見たら、怖さもなくなったよ」

「これで、今日から眠れますね」

釘宮に言われ、耕平は微笑んだ。

井手は、二人の話を静かに聞いていた。

5

「ご苦労さんです！」

監視塔地下の懲罰房にいた真壁班の更生官が、入ってきた真壁を見て直立し、敬礼して見せた。

後ろ手を組んだ真壁がうなずいて、奥へ進んでいく。

「状況はどうだ？」

「相変わらず、上條一人が我々に反抗しています」

「そうか。私が直々に指導してやるか」

真壁は再び歩き出した。その斜め前を、鍵を持った更生官が小走りで通り過ぎ、いち早く上條の房の前に立った。

南京錠を外し、ドアに手をかける。

「どうぞ」

更生官は、真壁が房の前で立ち止まると同時に、ドアを開けた。

通路の明かりが薄暗い房の中に差していく。中央には拘束具を着せられ、イモムシのように転がっている上條がいた。

「照らせ」

真壁が命令する。

更生官が腰にぶら下げたハンディースポットを持ち上げ、スイッチを入れた。

白色のまばゆい光が、上條を鮮明に照らし出す。白かったはずの拘束具は、床のヨゴレと上條が吐き出した血で赤黒く汚れていた。

暗闇にいた上條は、いきなり強烈な光を浴びせられ、まぶしさに目を細め、眉間を歪めた。

目の下には、どす黒いクマができ、頰もさらに痩《こ》け、三角形のくぼみができている。

真壁は、後ろ手を組んだまま、ゆっくりと上條に近づき、脇に立った。

「まだ、懲りてないのか、上條」

「真壁か……」

真壁は顔をねじり、上條の顔を靴底で踏みつけた。上條の顔が歪み、口から血混じりの唾液が飛び出す。それでも、上條は顔をねじり、真壁を下から睨み据えた。

「真壁センセイよお。隣のオッサン、どうしたんだよ」

「なんのことだ？」

「とぼけんじゃねえぞ。隣でいつも泣きわめいてたオッサンの声が、最近ちっとも聞こえねえ」

「隣の更生者は、おまえと違って反省し、舎房に戻っていったんだ」

「ハッキリ言えよ。殺《や》ったんだろ？」

真壁は何も言わない。

「こら、真壁。ナメんじゃねえぞ。こっちは、光のねえとこに何ヶ月も閉じこめられて、耳がよく聞こえるようになってんだ。てめえの手下が怒鳴って、隣のオッサンを殴る音まで、聞こえてきたんだよ。隣だけじゃねえ。二つ先の房にいたニーチャンも、斜め前の房にいたネーチャンも。てめえらが、叩き殺したんだろうが！」

「上條！　口が過ぎるぞ！」

ハンディースポットを持った更生官が、警棒を抜こうとする。が、真壁は、手のひらを突き出して、それを止めた。

　ゆっくりと上條の脇に屈む。そして、ジッと上條の顔を見据えた。

「例えば、指導が過ぎて、不幸にも命を落としてしまった者がいるとしよう。何が問題だ？」

「何が問題だあ？　てめえら、ヒトをぶっ殺しといて、問題ねえってえのかよ！」

「死に至った理由を考えてみろ。反省し、出直す機会は幾度もあったのに、まったくその努力をしようともせず、我を通し続けた結果じゃないのか？」

「なんでもかんでも、オレらのせいかよ」

「違うのか？　犯した罪を反省し、出直す努力をしている更生者を、ここへ連れてくることはない。ここへ入れられたのは、すべて、おまえたち自身の問題だ」

「だからって、殺していいって道理はねえだろうが！」

「我々は、誰も殺しちゃいない。指導途中で亡くなった者がいるだけだ。もし、殺されるかもしれないと怯えているなら、それは大きな勘違いだ。そう思うなら、一日も早く反省し、ここから出られるように努力すればいいだけのことだからな。命を落としてしまった原因はすべて、懲罰房にいるおまえたちにあるんだ。その根本を無視していては、何も変わらない。解決しない。わかるだろ、上條」

「そんな屁理屈、わかるわけねえだろ」

あくまでも、睨み怒鳴る上條を見て、真壁はため息をつきながら、立ち上がった。右手を差し出す。ハンディースポットを持っていた更生官は、自分の伸縮警棒を真壁に差しだした。

伸縮警棒を受け取った真壁は、グリップを握って振り出した。

「指導の途中で死ぬなよ、上條」

真壁が、警棒を振り上げた時だった。

腰につけていた真壁の無線が甲高い電子音を響かせた。

真壁は左手で無線を取り、イヤホンを耳穴に突っ込んだ。脇のボタンを押しながら応答する。

「私だ……うむ、うむ……わかった。すぐ、戻る」

真壁は親指でボタンを操作しながら手短に話を終え、無線を胸ポケットに入れた。

「緊急会議だ。すぐに班の全員を私の部屋へ集めろ」

「はっ！」

更生官が、敬礼して下がっていく。スポットの光がなくなり、上條の姿はまた廊下から差し込むうっすらとした明かりだけに照らし出されていた。

「今日のところは、これで終わりにしてやる」

「逃げるのか？」

「おまえの戯言《ざれごと》には、付き合いきれんな」

真壁が鼻で笑い、背を向けた。

「エラそうなことぬかしやがって、口だけじゃねえか。殺ってみろ。殺ってみろ！」

「……いい加減にしないか」

「てめえなんざ、怖かねえんだよ！　ここから出て、必ずてめえを殺してやる。ここでてめえに嬲《なぶ》り殺された連中の恨みも含めてな。オレはてめえとは違うぞ。殺ると言ったら必ず殺る。わかってんのか、クソやろ――」

上條が怒鳴りまくっていた時だった。

突然、真壁が振り向きざま、蹴りを放った。爪先が、上條の顎先を跳ね上げる。口から血が飛散した。

「おまえの言いたいことはわかった。我々の気持ちを理解できないほど、おまえの性根は腐りきってしまったということだな。私が直々に最高の指導をしてやる」

「主任。いけません！」

脇で見ていた更生官が言う。真壁は更生官の方を向いて、伸縮警棒を渡した。

「私は、彼を殺すのではない。仮に指導半ばで息絶えたとしても、死も更生の一つの形だ。残念だが、上條は我が命をもってする勢いでなければ、更生できないと判断した」

真壁は静かに言った。両眼は冷たく、哀愁に満ちた怒りと悲しみをにじませている。

「殺るなら、さっさと殺れ！」

「上條、謝れ！」

更生官《や》が怒鳴った。しかし、上條はわめくのをやめなかった。

「殺れよ、真壁。殺れよ！」

「上條！」

「もういい」

必死に、上條に言い含めようとする更生官を、真壁は止めた。

「処理の用意をしておけ」

言うなり、真壁は横たわった上條を蹴り始めた。

「ごほっ！　うぐっ……効かねえぞ……ふぐうっ！　おらっ、もっと来いよ！　うぐうっ！」

上條は目を剝いて、胃液をまき散らしながらもなお挑発を繰り返す。

真壁は一言も発せず、ひたすら腹部や胸元、顔に蹴りを入れている。

最初のうちは、勢い込んでわめいていた上條も、次第に声が出なくなってきた。

真壁の右足の膝から下が止まることなく揺れ続ける。くぐもった肉と骨を打つ音が房内の床に沁《し》み広がっていく。

「主任！　死んでしまいます！」

更生官が止めに入ろうとする。真壁は、更生官をひと睨みした。更生官は、真壁の眼を見て、息をのみ立ち止まった。

「来い……よ。ぐふおっ！」

上條が血の塊を吐き出した。床で弾けた鮮血が顔に被り、真っ赤に染まる。

真壁は思いきり右足を振り上げ、胸元に爪先を叩き込んだ。

上條の両眼が見開いた。動かなくなる。

真壁は静かに目を閉じ、大きく肩で息をついた。

「処分しろ」

そう言って背を向け、房内から出ていく。

ハンディースポットの白い明かりに照らされた上條は、宙を見据えたまま、自分で吐き散らした血の海に顔を伏せていった。


舎房管理センタービルの真壁の部屋に、真壁班の十数名が集まっていた。照屋と井手の顔もある。

真壁が入ってくる。真壁班のメンバーは、全員揃って真壁に敬礼した。真壁は、メンバーたちの間を横切り、デスクを回り込んで、イスに腰を下ろした。

デスクに両腕を載せ、指を組み、正面を向く。

「井手君。報告とは？」

真壁が、デスクに組んだ両手を置き、井手を見た。井手は、列から一歩出て敬礼し、話し始めた。

「今日の夕方、若林とタウンエリアで会ったんですが」

「彼はまだ、真壁班のことについて調べているのかね？」

「いえ。今のところ彼の中では、私と照屋先輩が説明した通り、真壁班というのは、更生者たちが広めた噂話だということで、落ち着いているようです。が、若林は以前、タウンエリアのレストランの厨房で働く、国見という男に真壁班のことを尋ねていたそうです」

「厨房の男？」

真壁が目を細めた。

「何と言ってたんだ、その男は」

「若林の話だと、そういう噂は詮索しない方がいいと言われたそうです」

「詮索するな、と言ったんだな？」

「私が聞いた限りでは」

真壁はイスに深く背もたれ、腕を組んだ。少しの間、井手たちから目を外し、宙を睨む。やおら、腕を解いて両手をデスクに置き、視線を上げた。

「玉城」

「はい」

がっしりとした大柄の男が前に出る。

「おまえの班を連れて、今からその国見という男に会ってこい。何を知っているのか、聞き出せ。手荒なマネをしてもかまわん」

「はい。笹本《ささもと》、脇《わき》。行くぞ」

玉城が言うと、更生官の中の二人がうなずいて真壁に向かって敬礼し、先に部屋から出ていった。玉城も敬礼し、部屋を出る。

「他は？」

「あと今日、若林が立ち会った遺骨引き渡しの件ですが、遺族、とくに母親の態度に不審を感じていたようです。なんでも、自分の息子の頭蓋骨を怖がっていたそうで、そのことを少し気にしていました」

「その話は私も聞いている。病院長の嘉久がうまく話を収めると言っているが、よけいな詮索をしないよう、引き続き若林の行動にも充分、目を光らせておくように」

「はい」

井手は、口元を引き締めて、うなずいた。真壁もうなずき返し、照屋を見る。

「照屋君。君のほうはどうだ。真壁班の名を口にしている更生者はわかったかね？」

「いえ。なかなか慎重な女でして。ですが、ご心配なく。近いうちには、我々に協力するよう仕向けます」

「急ぐ必要もあるが、慎重さも忘れるな。メディカルルームの連中は、どちらかといえば我々を毛嫌いしている。我々の厳しい指導方針が、更生者の精神を圧迫しているという理由でな」

「関係ありません。私が相手にしているのは、メディカルルームの連中じゃなく、〝一人の女〟ですから」

照屋は口辺を歪めた。

「他に、何か報告は？」

「真壁主任」

後ろの列にいた梶原が手を上げた。

「リストナンバー3の藤浦ですが、どうしますか？　このところまた、更生官に挑発的行為を繰り返すようになっています。さらに、それをマネする更生者たちも出始めてまして、現場からの苦情も出てきています」

「また、ヤツか……」

真壁は舌打ちした。

「もうそろそろ、懲罰房へ入れてよろしいでしょうか？」

梶原が言う。

しかし、真壁は即答しなかった。デスクに置いた両手を握りしめて、靴底で床を叩く。

「ヤツは得体が知れんからな。できれば、懲罰房は見せたくないが……やむを得んな。梶原。一週間だけ収監しろ」

「はい」

「白黒つくまで徹底して調べろ。抵抗するようだったら、嘉久に薬を用意させてもいい。シロなら、AM房へ戻せ。クロでなくてもグレーなら、P房に収監だ」

「わかりました。それで、いつから？」

「今晩からだ」

「はっ」

　梶原も、敬礼して部屋を出ていった。そのあとに、梶原と共に行動している更生官が二人続く。

「井手、照屋。おまえたちは、そのまま若林たちに接触して、情報収集に専念しろ。他の者もだ。今が一番、大事な時だ。ここを乗り越えれば、我々が目指す理想の更生所が実現できる。気を引き締めて、事に当たるように。以上、解散」

　真壁のかけ声で、残っていた更生官全員が直立して敬礼し、部屋を出ていった。

6

枕元に置いていた携帯が鳴った。

「こんな時間に、誰だ……」

国見は、眠い目をこすりながら、ベッドサイドに置いていたスタンドの明かりを付け、充電器に差していた携帯電話を取った。

ディスプレイを見る。番号は非通知だった。非通知の電話には出ないようにしていたが、隣のベッドには、妻の美砂が寝ている。鳴ったままにするわけにもいかない。

国見はベッドから下り、寝室のドア口のそばでコールボタンを押した。受信口を耳に当てる。

「もしもし……」

小声で、相手に話しかける。

——国見だな。

「そうだが……。あんた、誰だ？」

——真壁班の者だ。

「えっ！」

思わず、国見の口から声が出た。それに気づいて、美砂が起き出した。

「……電話？」

「なんでもないよ」

国見は送信口を手でふさぎ、急いで寝室から出た。リビングに駆け込み、再び携帯を耳に当てる。

「な……なんの用だ」

——ちょっと話したいことがある。出てこい。

「電話でいいだろう」

——踏み込むぞ、家に。

国見の顔が引きつった。

「わ、わかった。すぐ、出ていく」

——坂の上にある公園に来い。

電話が切れた。

国見は暗闇の中で蒼ざめ、通話の切れた携帯を握った。

リビングの明かりが点《つ》いた。国見はビクリと肩を震わせ、ドア口を見た。

「あなた、どうしたの？」

「美砂か……」

美砂は怪訝そうな顔で小首を傾げた。

「あ……明日のレストランの食材が、一部届かなくなってね。仕込みに変更があるそうなんだ。だから、ちょっと更生所へ行ってくるよ」

「こんな時間から？」

「緊急だからね。すぐ、戻るさ」

国見はそう言うと、リビングの奥にあるクロゼットに駆け寄り、ジーンズとロングTシャツを急いで着込み、ポケットに携帯を突っ込んで、廊下に飛び出した。

「鍵は持ってるから、戸締まりはしとけよ」

「わかってるけど……。気をつけてね」

声をかける美砂に、国見は右手を挙げて見せ、サンダルをつっかけて表へ飛び出した。

「そんなに急ぎなの……？」

美砂はまた首を傾げながらも、玄関の鍵を閉め、欠伸《あくび》をして寝室へ戻った。


国見は、自宅から五分ほど歩いたところにある高台の公園に足を踏み入れた。

歩道に照明はほとんどなく、月明かりが路面を蒼白く照らしている。

周りの様子を確かめながら、そろそろと奥へ進んでいった。あたりに、ヒト気はない。

植樹林の歩道を抜けて、ベンチが置かれた芝が敷き詰められた広場に出る。そこに、三つの人影があった。

真ん中にいた男が、大きく右腕を手前に振って、国見を呼ぶ。国見は、深く息をついてゆっくりと三人の男の前に近づいていった。

三人はいずれも黒っぽい色調の服装で、薄闇に溶け込んでいた。その真ん中に、迷彩柄の服を着た大柄の玉城がいた。

国見が立ち止まると、玉城が一歩前に踏み出した。

「国見だな」

上から見下ろされ、国見は頰を引きつらせながらうなずいた。

「なんということはない。おまえが俺たちの質問に素直に答えればすむことだ。わかったな」

玉城が言う。国見は何度もうなずいた。

「若林に何を話した？」

「何をと言われましても……ただ、真壁班のことを調べているようだったので、そういうことはやめたほうがいいと言っただけです」

「本当だな」

「ホントです。第一、私も真壁班のことは、そういう名前の班があるという噂しか知らない」

「じゃあなぜ、若林に忠告した？」

「それは……」

国見が視線を逸《そ》らし、顔を伏せた。

玉城が顎を振る。脇にいた二人の男が、いきなり国見の両腕をつかんだ。

右にいた男が、唐突に国見の腹部を殴った。国見は、目を剥いて前のめった。左にいた男が、国見の髪の毛をつかんで顔を上げさせる。

「な、何を……んぐっ！」

玉城は、国見を見据えた。

「素直に答えろと言っただろ。なぜ、ヤツにそんな忠告をした？」

「う……噂を聞いてたからです」

「だから、どんな噂だと聞いてるんだ。手間取らすな」

玉城が顔を近づけてきた。

「ま、真壁班は、逆らう更生者をどこかに閉じこめて、暴行をしているという噂です。それで死んだヤツもいるなんて話も」

「誰から聞いた？」

「出所した更生者からです。シミュレーションエリアからレストランに来ていた更生者で、いろいろ話しているうちに、そういう話が出たんです」

「名前は？」

「覚えてません」

答えた途端に、再び強烈な拳が、腹部にめり込んできた。

国見は息を詰め、咳《せ》き込んだ。

「ホ……ホントです」

「どんなヤツだ？」

「四十ぐらいの小柄な男で、去年の今頃、出所したヤツです」

「そいつから聞いたことを、他のヤツに話したのか？」

「話してません。これからも、話すつもりはありません。詮索するつもりもありません。忘れますから、許してください！」

国見は泣き声になっていた。

「俺たちは、話を聞きに来ただけだ。何をそんなに怯えてるんだ？」

玉城が口片に笑みを浮かべた。

「真壁班は、おまえが聞いてるような集団じゃない。更生所全体のことを本当に考えている人間の集まりだ」

「わかってます。わかってますから」

「いや、わかってない。だから、若林に忠告したんだろ?」

「考えを改めます。だから、どうか許してください。お願いします。お願いします!」

国見は男たちの腕を振り払い、その場に土下座した。額を芝にこすりつける。

玉城は、国見をジッと見下ろした。国見と仲間二人から少し離れ、背を向ける。ズボンの横ポケットから携帯電話を取り出し、コールボタンを押して耳に当てる。

「……もしもし、玉城です。今、国見の話を聞き終えました。出所した更生者から話を聞いたらしいのですが、詳しいことは知らないようですね。どうしますか? はい……はい。それはないと思いますが。はい……わかりました」

玉城は通話を切ってポケットに戻し、振り返った。のそりと歩いて、国見の前に戻ってくる。

「立て、国見」

命ずる。国見は怯えた目をしながら立ち上がった。

「そんな顔するな」

玉城は国見の肩に手を当て、微笑んでみせた。国見がビクッと肩を震わせる。

「おまえの言い分はわかった。だが今、おまえは俺たちの存在を知ってしまった」

「言いません! 誰にも言いません! 忘れますから!」

国見は、玉城の腕にしがみついた。

「俺もその言葉を信じてやりたいが、ヒトというのは、自分が助かるためならなんでもする生き物だからな。とくに、信条も理念も持たないおまえのような弱い人間は」

「誰にも言いません！　ホントです！」

「じゃあ、俺たちの仲間になるか？」

「なります！　なんでもします！」

国見は涙目の奥に一瞬、希望の輝きを見せた。とたん、玉城の顔から笑みが消えた。

「ほらみろ。すぐ寝返る」

玉城は、いきなり大きな両手で国見の首をつかんだ。指で頸動脈を締め上げ、持ち上げる。

「あがっ、あががっ……！」

国見は玉城の手首をつかんで、かきむしった。玉城は手の力を弛めない。

「すまんな。今は、少しでも不穏分子を消したい時なんだ。俺たちの計画のために」

玉城は、さらに指に力を込めた。親指が喉仏に食い込む。締め上げられた喉に血管が浮かび上がる。国見の顔は真っ赤に膨《ふく》れ、飛び出しそうなほど見開いた両眼が充血してくる。

「あ……がっ……」

国見の口から、涎が流れ出る。苦しさに足をバタつかせる。それでも玉城は、国見を犬猫でも扱うようにつかみ上げたまま、下ろさない。

「恨むなら、おまえに真壁班のことを聞いた若林を恨め。じゃあな」

玉城の上腕の筋肉が盛り上がった。

「……がっ！」

国見が玉城の腕を強くつかみ、呻いた。

しかし、すぐその手が離れ、腕がだらりと下がった。国見の重みが、ずっしりと手のひらに伝わってくる。

玉城が手を離すと、国見はその場に崩れ落ちた。

「港湾監視員に連絡しますか？」

「それは、俺がやる。おまえらは国見の家に行って、女房と子供を処分して、待機させてあるトラックまで運んでこい」

「わかりました」

返事をすると、男二人は背を向け、走り出した。

玉城は二人を見送って、再び携帯を取り出した。番号を選び、コールボタンを押す。

「おまえの死は無駄にはしない。きっと理想の更生所を作ってみせるからな」

足下に転がる国見にそう語りかけ、玉城は携帯を耳に当てた。

タウンエリアの病院長・嘉久は看護師二人を連れ、仲間母娘を泊めてある個室を覗いた。仲間母娘は病室でタバコを吸い、泡盛を飲んでいた。

「お疲れさん」

嘉久が声をかける。

「なんだって、こんなところに泊まらなきゃならないんだい！」

仲間の母親がタバコの煙を吐き出し、嘉久を睨みつけた。

「早く、お金ちょうだい。で、那覇へ送って。今夜、大事な金づるとデートがあるんだから」

由紀子《ゆきこ》も冷めた目で嘉久を見やり、タバコの煙を吐き出した。

嘉久はゆっくりと歩み寄り、由紀子の隣に腰を下ろした。ベッド脇に看護師二人が立つ。

「引き渡し手続きは、時間がかかるのだよ。そこまでが君たちの仕事だ」

「冗談じゃないよ。前島さんが一晩ですむって言うから、こんなヤバイ話に乗ってあげたんじゃないの。このオバサンが残ってれば、問題ないんでしょ。さっさと金よこして、那覇に送りな」

由紀子は差し向かいに座っている仲間の母親を睨みつけ、灰皿にタバコを押しつけた。

「ちょっと待ちなよ、あんた。一人でバックレようってえのかい。冗談じゃないよ。あたしが残らなきゃならないなら、あんたも残りな」

「うるせえんだよ、ババア！」

「ババアとは、なんだい！」

母親は、火の点いたタバコをいきなり由紀子に投げつけてきた。かろうじて、由紀子が避ける。

「何すんだ！」

由紀子は母親の胸ぐらにつかみかかった。母親は由紀子の髪の毛をつかむ。

「やめないか。おい！」

嘉久が声をかける。看護師二人が駆け寄ってきて母親と由紀子を引き離した。

それでも女二人は、鼻息を荒くして睨み合っていた。

「たった一晩だ。我慢もできんのかね、君たちは」

「ふざけるな。泊まりがけなら、その分、上乗せしてもらうよ」

由紀子が言う。

「この小娘に上乗せするんなら、あたしもだ」

「待ちなさいよ、オバサン。あんた、骸骨見てビビってたじゃない。もう一人いた更生官のニーニ。妙な顔であんたのこと見てたわよ。気づかれでもしたら、どうするつもりだったのよ」

「誰だって、ビビるだろ。誰のだか知らない骸骨を見せられりゃあ！」

「私はビビんなかったよ。ただ骸骨を見て、抱いて泣くだけなんていう簡単な仕事もまともにこなせないオバサンと同じ額じゃ、イヤだからね、私は」

「なんだと、小娘！」

再び、母親がつかみかかろうとする。看護師は両脇に腕を回し、必死に止めていた。

母親を一瞥した由紀子は看護師の腕を振り払って、ソファーに腰を下ろした。

「とにかく、今すぐ金払って、私を那覇に送り届けるか。それとも、金額を上乗せするか決めないと、駆け込むよ」

「駆け込む……？」

嘉久が片眉を上げた。

「あんたらに頼まれたこと、警察に行って何もかもしゃべってくる。仲間っていう親子を偽って、遺体を引き取らせようとしたこと。骸骨の正体が、多家良組の組長だってこと。私は知ってるんだよ。ここで、何が行なわれてるのかもね」

由紀子が口辺を歪めた。タバコを指に挟んで火を点ける。

「あたしだって、駆け込んでやるよ。この小娘より、条件を悪くしたらね」

「わかったよ」

嘉久は大きく息をついてうつむき、ポケットに手を突っ込んだ。

「どうするんだい」

由紀子が嘉久を見やった。

「おとなしく、こっちの言うことに従っていればよかったものを……」

嘉久は右手をポケットから出した。メスの刃先が光る。嘉久は切っ先を由紀子に向かって突き出した。

由紀子が目を剝いた。ブラウスの胸元にじんわりと血が滲む。

「な……なんで……」

「おまえらが遺骨を持って帰って、捜索願を取り下げれば、何も問題はなかったのに。まったく……」

嘉久は静かに由紀子を見据え、胸元に突き入れたメスをねじった。

鮮血が噴き出し、ブラウスがみるみる赤く染まっていく。

由紀子は嘉久の手を握って、下から睨み上げた。しかし嘉久は由紀子を一瞥し、メスを引き抜いた。

由紀子はそのままテーブルに倒れた。うつぶせた由紀子の胸元から血があふれ、テーブルに血だまりが広がっていく。

それを見て、差し向かいにいる母親は表情を強ばらせた。

「や……やめとくれ。あたしは、あんたらの言うことを聞くよ。遺骨を持って帰って、捜索願を取り下げてくる。ホントだ。ホントだよ……」

母親は後退りしようとする。が、看護師に両脇をしっかり固められ、動けない。

嘉久は、ゆらっと由紀子の横から立ち上がった。

「手遅れですな」

嘉久が看護師を見る。看護師はうなずいて、母親の口元を押さえた。

「んぐっ、んぐうっ！」

母親が脚をばたつかせる。テーブルのグラスが落ちて砕ける。

「人間、欲をかくとろくなことがない。そのぐらいの人生勉強はしておいてほしかった」

嘉久はメスで胸を刺した。

母親が双眸を見開いた。苦しみもがく。看護師は母親の両脇を締めつけた。

嘉久は何度か刃先をひねり、メスを引き抜いた。テーブルにうつぶせた由紀子の頭に血の雫《しずく》が降り注ぐ。

もがき苦しんでいた母親は、やがて宙を睨みつけたまま動かなくなった。

嘉久は専用無線を取り出し、真壁に連絡を入れた。手短に用件を伝え、指示を受けて通信を切る。

「救急車で住宅地手前まで運んで、待機してろ。真壁が用意した運搬用トラックが来る。そこで遺体を移し替えろ。手荷物は焼却処分だ。他の者を呼んですぐ、この部屋を掃除させろ」

嘉久はベッドの上に血の付いたメスを放り投げた。

看護師二人が、さっそく動き始める。

嘉久は小さくうなずいて、個室を出た。

7

梶原は、監視員二人を連れて、ＡＭ棟奥にある反省房の中へ入った。

布団を敷いて寝ていた藤浦は、いきなり明かりをつけられ、眠い目をこすりながら、上体を起こした。

「藤浦。出ろ！」

「なんですか、センセイ……」

藤浦が、目を擦ろうと腕を上げる。

その腕を、一人の更生官がつかんだ。いきなり、手錠を掛ける。

「いったいなんの……んぐっ！」

藤浦の口に、もう一人の更生官がタオルで猿ぐつわを噛ませた。タオルの端を後頭部で結ぶ。

右手に手錠をかけた更生官は、左手もねじ上げ、後ろで輪をかけた。ズボンの後ろを持って立たせる。

藤浦は、梶原を睨みつけた。

「なんだ、その目は」

梶原は右拳を握り、頬にフックを浴びせた。藤浦の顔が大きく横に振れ、ガクリとうなだれる。

口の中に鉄の味が広がり、タオルにジワリと血がにじんだ。

「貴様の性根を徹底して叩き直してやる」

梶原は、反省房を出た。更生官二人が藤浦の両脇を抱え、引きずるようにして外へ連れ出す。

梶原は、棟の奥突き当たりにある非常口のリーダーにカードを通した。ロックが外れ、少しだけドアが開く。梶原が内側に引き開けると、藤浦を抱えた更生官たちが先に、表へ出た。

暗いビルと壁の間。伸びた芝を踏みしめながら、外郭を回り、監視塔へと進んでいく。

藤浦はうなだれたまま、黒目をチラチラと動かし、周りを確かめていた。

四人は、監視塔脇にある武器搬出用ドアの前で立ち止まった。梶原は、真壁から預かった金色のカードをリーダーに通した。取っ手のないドアが真横に開く。

中へ入った梶原は、エレベーターのボタンを押した。すぐにドアが開く。エレベーターの明かりが藤浦たちの姿を照らした。

藤浦は、更生官二人に抱えられ、エレベーターに乗せられた。箱が降りていく。すぐ停まり、扉が開いた。

目の前に武器の山が広がる。藤浦は中央の通路を引きずられ、奥へと連れて行かれた。

梶原が鉄の扉をノックする。ロックの外れる重い音がし、中から扉が開けられた。

「ご苦労さんです」

内側にいた更生官が、梶原に向かって敬礼する。梶原はうなずいて、中へ入った。

「部屋は？」

「用意できてます」

そう言い、更生官が梶原を案内する。更生官が招いたのは、多家良がいた一番手前の部屋だった。

中央には、革ベルトのついたパイプイスが置かれていた。

梶原の後ろから、藤浦を連れた更生官たちが入ってきた。更生官たちは、手錠をしたままの藤浦をイスに座らせると、慣れた手つきで、胴と両足首を革ベルトで縛り付けた。

案内した更生官が、壁にかけた二台のハンドスポットのスイッチを入れる。スポットの光は、左右から藤浦を照らした。

藤涓は、まぶしさに目を細めた。案内した更生官が、房を出ていく。残った更生官の一人が、藤浦の後ろに回り、猿ぐつわにしていたタオルを外した。

「ここは……？」

「懲罰房だ。貴様のようなどうしようもない更生者を徹底的に叩き直す場所だ」

梶原は話しながら、壁際のテーブルに並んだものを見つめた。伸縮警棒、棒状のスタンガン、アンプルと注射器を載せたトレーもある。

梶原は、棒状のスタンガンを取り、藤浦の前にゆっくりと戻っていった。

「本当にあったんだな、こんな場所が……」

「知りたかったんだろ？　内偵監査員の藤浦さん」

梶原は、カマをかけてみた。が、藤浦は、表情一つ変えない。

「なんだ、そりゃ？」

「吐いちまえよ。貴様は、本社内部監査室から送られてきた内偵監査員なんだろ？」

「だから、何言ってんだ、センセイ」

「あくまで、とぼける気だな」

梶原は、棒状スタンガンのスイッチを入れた。ブーンと低い音がし、電流が流れる。

「とぼけるも何も、何を言ってんだか、全然わからない……あぎゃっ！」

藤浦が鋭い悲鳴を放った。

スタンガンの棒先が藤浦の腕に触れていた。蒼白い電流の筋が棒の周りで揺れる。梶原は、棒先を腕から離した。

藤浦は、顎を上げて仰け反り、目を見開いてビクビクと痙攣《けいれん》した。棒先を当てられた袖の布が、黒く焦げている。

「こいつは強力すぎるな。これじゃあ、話も何もできやしない。警棒を取ってこい」

梶原はスタンガンのスイッチを切って、更生官に手渡した。受け取った更生官が、小走りでテーブルの前まで行き、スタンガンを置いて警棒を取り、戻ってくる。

梶原は伸縮警棒を振り出し、棒先で藤浦の顎をつついた。

「こっちを見ろ」

声をかける。藤浦は首を震わせながら顔を起こし、梶原を見た。

「セ……センセイ……そりゃないっすよ」

「素直に話せば、痛い目に遭わずにすむんだ。話してみろ。貴様は、内偵監査員なんだろ。え？」

梶原は棒先で、藤浦の頬を軽く叩いた。

「だから、なんなんすか、その内偵ナンタラというのは……。俺は更生者ですよ。宝石強盗やらかして、仲間を皆殺しにした。知ってるでしょ、センセイたちも」

「犯歴なんざ、いくらでも作れる。本当のことを吐くなら、今のうちだぞ」

「今のうちも何も、本当に知らねえっすよ。そのことで、ここへ連れてこられたんなら、筋違いってモンですぜ」

「貴様に、筋もクソもあるのか！」

梶原は、警棒で側頭部を殴りつけた。

藤浦の顔が大きく右へ傾く。皮が切れ、流れ出た血が左頬を濡らしていった。

「貴様が、内偵監査員かどうかも問題だが、更生者としての貴様の態度にも問題があるから、ここへ連れてきたんだ！」

「な……何の問題が？」

「なんだと？」

梶原は警棒を振り上げ、頭頂をしたたかに殴りつけた。

髪の毛の下にある頭皮がざっくりと裂け、生え際から血がにじみ出てくる。

「貴様は、更生官に難癖をつけて暴行させ、それをネタに科料を減らしている。貴様のその姑息《こそく》な手段が、どういう状況を招いているのか、わかってるのか？」

棒先を藤浦の顎下に当て、顔を上げさせた。

「少年更生者を中心に、貴様のマネをする者が出てきているんだ。今まで真面目に労働していた者の中にも、工場内や舎房で、小さい騒ぎを起こす者が出てきている。貴様のせいで、せっかく築き上げてきた雰囲気がぶち壊されようとしているんだ。わかってるのか！」

「それは、俺のせいじゃ――」

「口答えするな！」

梶原は、棒先で喉を突いた。息を詰めた藤浦がイスごと倒れそうになる。後ろにいた更生官が藤浦の背中を受け止め、元に戻す。

藤浦は背を丸めて、激しく咳き込んだ。梶原は、丸まった背中に警棒を振り下ろした。

「はううっ！」

藤浦がたまらず上体を起こす。

「貴様が内偵監査員なら、すべてを吐き出せ。ただの更生者でも、態度が改まるまでここからは出さんから、そう思え」

梶原は再び側頭部を殴りつけた。

藤浦の首が大きく傾く。藤浦はそのままうなだれ、気を失った。

「弱いヤツだな……。梶原さん。本当にこんなヤツが内偵監査員なんですか？」

「わからん。まあ、じっくり調べてやるさ。更生者としてのこいつの態度を反省させる意味も含めてな。山崎《やまざき》、室井《むろい》。おまえたちは一人ずつ交代で、三時間おきに締め上げげろ。指導したあとは、ここでこいつの言動を見て、その様子を報告するように。交代まで、もう一人は官舎で休め。俺は、一日ごとに様子を見に来る。殺すなよ」

「わかりました」

「じゃあ、山崎からだ。しっかり頼んだぞ」

「はい」

山崎が返事をして、直立する。

梶原は、室井を連れて房を出た。

一人になった山崎は、テーブルの横にあったパイプイスを引っ張り出し、広げて座り、ぐったりとしたままスポットを浴びている藤浦をジッと見据えた。

8

「うっ！」

真っ暗な闇の中から、声が漏れた。

「ううう……」

苦しそうな呻きを漏らしながら、人影が起き上がってくる。上体を起こしたのは、上条だった。

「ここは……どこだ？」

辺りを見回すが、真っ暗で何も見えない。自分の体を触ってみる。拘禁具は解かれていた。それどころか、一糸も纏《まと》っていない。

「ついに、地獄に来ちまったかな」

上條は立ち上がろうとした。が、体中に軋みが走り、たまらずその場に座り込む。

「ちくしょう。くたばっても、痛えのかよ」

上條は座ったまま、何が起こったのかを思い返していた。

「確か、真壁を挑発したら、ヤツが本気で蹴り始めて。オレは楯突《たてつ》いて……」

記憶をたどれるところまで、たどってみる。

「そうだ。ヤツの蹴りを胸に食らった瞬間、意識が飛んだんだ」

上條は思い出しながら、胸をさすろうとした。が、その手を止める。手のひらに、しっかりと鼓動が伝わってくる。

「生きてんのか、オレ――」

上條は指を動かしてみた。手のひらで、頰や足、股間を触ってみる。冷えた体の奥に、温もりを感じる。

「死んでねえのか、オレは」

上條は暗闇で眼を剝き、口辺に笑みを浮かべた。

「真壁の野郎、仮死状態のオレを死んだと勘違いしやがったな」

鼻で笑い、上條は五感を研ぎ澄ませて、自分の置かれている状況を探った。

箱のようなものに入れられ、動いていた。ディーゼルの音と排気ガスのニオイがする。

「ジュラルミンボックスのトラックか。運ばれてんだな、どこかへ」

さらに、神経を研ぎ澄ます。生臭い臭いも漂ってくる。

「魚でも運ぶトラックか？」

上條は肉体の軋みを圧《お》して、再び立ち上がろうとした。

その時、大きくトラックが跳ねた。上條の体が浮かび上がり、箱の中を転がる。勢いのついた上條の体は柔らかい何かに当たり、転げ止まった。

「乱暴な運転だな……」

上條は、背中に当たっている柔らかいものが何か気になり、振り返った。

と、いきなり、人間の顔がぼんやりと目の前に現われた。

上條は息を呑んだ。後ずさりする。その手にも、柔らかい何かが触れた。手にねっとりしたものもへばりつく。

手を引っ込めた上條は、その方向も見てみた。目を細めて凝視する。やはり、人間の眼と白い歯、ぼんやりとした輪郭が飛び込んできた。

「どういうことだ？」

上條はさらに目を凝らしてみた。懲罰房生活が長かったせいか、夜目の効きも早い。

「なんてこった……」

うっすらと見えてきた視界には、数体の人影が映った。どれもぐったりとして動かない。

上條は、手前の人影に近づいた。

男だった。服を着ている。鼻下に指を当ててみるが、息はなかった。

上條は、男のポケットをまさぐった。鍵が入っている。その鍵を握って、また周りを見た。

闇にぼんやりとひときわ小さい影が浮かんだ。上條はその小さな影に、にじり寄った。その人影を見下ろす。

「こんな子供まで……」

上條は子供を抱き上げた。首筋を指で触れてみるが、脈動はない。男の子だった。顔を近づけてみる。

男の子は、苦しそうに眉間に皺を浮かべたまま、息絶えていた。

「許せねえ……あいつら、許せねえ！」

上條は子供を抱いたまま、闇を睨み据え、身震いした。

トラックがハンドルを切り、止まった。

上條は子供をそっと置いて、自分もうつぶせた。手に持っていた鍵を、口の中に放り込む。

かんぬきを外す音がして、ドアが開いた。潮の香りと波の音が、ボックスの中に流れ込んでくる。

「運び出せ」

男の声と共に、複数の足音が荷台へ上がってきた。上條は薄目を開けて、足下を見た。更生官のズボンを穿《は》いている。

彼らは、二人一組で遺体の手足をつかみ、外へ運び出していた。

鮫のエサにする気か。

さらに周りの様子を見やる。荷台に上がってくるのは、四人。そのうちの一人は、更生官とは違う、白いズボンを穿いていた。

看護師だな――。

確かめていると、上條の傍らに更生官が立った。両手足の首を握られる。

「こいつも、逆らったわりには、あっけなかったな」

「そんなもんだ、近頃のガキは」

話しながら、うつぶせに持ったまま、荷台の外に体を放り投げる。上條の体が、遺体の上に落ちた。

上條は声が出ないよう、歯を食いしばって息を詰めた。

次々と目の前に遺体が放り投げられる。最後に、でっぷりとした中年女性の遺体を下ろすと、更生官たちは荷台から降りてきて、ドアを閉めた。

「これをキャビンまで運べ」

男の命令と共に、台車と魚を入れる大きなあみ籠《かご》が運ばれてきた。

二体ずつ、あみ籠《かご》に入れる。上條はされるがまま、あみ籠に入れられた。上に、男性の遺体を重ねられる。

上條は、顎を思いっきり引いて、台車のグリップを握っている男の足下を見た。白いズボンを穿いている。看護師だった。上條はニヤリとした。

台車が動き出す。上條は顔を上げて、編み目の隙間から前方を見た。前方を行く台車が、車両倉庫から甲板へ上がるスロープに曲がっていく。

「あそこだな……」

上條は息を潜め、曲がり角に来るのを待った。看護師は、調子よく台車を押し進める。角を曲がった瞬間、上條は思いきり体を揺さぶった。

「何だ！」

看護師は驚いて、グリップを握りしめた。が、カーブに差しかかっていたせいもあり、台車の片輪が浮き上がって、荷台とあみ籠が横倒しになった。

あみ籠に入れていた遺体が、倒れて転がる。

「なんだよ、まったく……」

看護師は、上條の腕を引っ張ろうとした。

瞬間、上條は看護師の手首を握った。看護師が身を強ばらせる。上條は、思いっきり看護師の腕を引いた。

バランスを失った看護師が、前のめりになる。上條は腕を伸ばして、後ろ髪をつかんだ。そのまま、自分の右脇の鉄板に看護師の脳天を叩きつけた。

看護師はへの字に体を折り、尻を突き上げた。上條はすかさず、看護師の首に腕を巻き付けた。右手で左腕を握り、締め上げる。

看護師が目を剝いて、喉元をかきむしる。上條はさらに力を入れた。鈍い音がして、頸《けい》椎《つい》の骨が折れる。

看護師は奇妙な呻きを放ち、そのまま上條の上にうつぶせた。

「どうした！」

甲板に遺体を運んで戻ってきた更生官が、倒れている看護師に気づいて、駆け寄ってくる。上條は口から鍵を出し、右手の指の間に握り込んで、ジッとしていた。

「おい、どうしたんだ！」

更生官が、上條の上にうつぶせた看護師の体を起こした。

その時、上條は更生官を見据え、手に持っていた鍵先を更生官の喉元めがけ、突き出した。

更生官の喉仏に、鍵先がめり込む。

左手を伸ばした上條は、更生官の腰のホルダーに入った伸縮警棒を取り出した。鍵を引き抜き、脇に転がり、起き上がる。

鍵と伸縮警棒を持ち替えた上條は、右手で伸縮警棒を振り出した。喉を押さえてもんどり打っている更生官を踏みつける。

「覚悟しろよ」

上條はうっすらと笑みを浮かべ、更生官を殴り始めた。渾身の力を込めて、何度も何度も振り下ろす。

頭を抱えてうずくまっていた更生官の腕が折れ、頭上から血が噴き出す。それでも上條は、容赦なく殴り続けた。

やがて、更生官はぐったりとうつぶせたまま、動かなくなった。

肩を上下させて息を継ぐ上條は、更生官を足で蹴転がした。更生官の体が力なく仰向けになる。

上條は折れ曲がった伸縮警棒を投げ捨て、更生官の制服を剝がし始めた。周りの様子を窺いつつ、急いで脱がせた制服を着込んでいく。

帽子を深く被った上條は、一緒にあみ籠に乗せられていた男のポケットを再びまさぐった。

財布が出てきた。中には、免許証と更生所のＩＤカードがある。

「職員だったのか……」

上條は男に向かって手を合わせ、財布をポケットにねじ込み、立ち上がった。

目を閉じて、大きく息を吸い込み、吐き出す。やおら目を開き、曲がり角から飛び出した。

「大変です！　上條が暴れてます！」

「上條が！　バカな。生きてたのか！」

それまで笑っていた更生官たちの顔が、たちまち険しくなる。上條は曲がり角に引っ込み、台車を折り畳んで握った。壁に背を当て、耳を澄ませて足音を計る。

複数の足音が、角に差しかかった。上條は台車を持ち上げた。角から人影が現われる。その影に向け、台車を振った。

一人の更生官の腹に、台車が食い込んだ。弾き飛ばされた更生官が、後ろの更生官をもなぎ倒し、仰向けに倒れる。

上條は再び台車を振り上げた。倒れた二人めがけて、思いきり振り下ろす。

上にいた更生官の鼻がひしゃげた。下にいた更生官の眉間には、台車の前輪が食い込む。

上條は、もう一人駆け寄ってきていた更生官に向けて、台車を投げた。

更生官はかろうじて台車を避《よ》けた。バランスを失って、よろける。上條は、素早くその更生官の脇に駆け寄った。

腰を沈める。上條の気配に気づき、更生官が下を見た。瞬間、上條は伸び上がり、固めた右拳を突き上げた。

顎先に拳がめり込んだ。更生官の踵が浮き上がる。背後に反り返った更生官は、そのまま背中から落ちた。

上條は右足を上げ、息を詰める更生官の胸元を思いきり踏みつけた。肋骨《ろっこつ》が折れ、胸元がへこむ。

更生官が奇妙な呻きを放ち、口から鮮血を噴き出した。

「こんなもんじゃすまさねえぞ」

上條は周りを見た。壁際に、地下車両置き場用の消火器が二本見える。小走りで歩み寄り、消火器二本を手にして、更生官たちの元に戻った。

肋骨が折れ、血を吐き出している更生官の脇に立つ。上條は、一本を足下に置き、もう一本を頭上に振り上げた。

消火剤の詰まった消火器を、更生官の頭部に振り下ろす。更生官の顔面がひしゃげた。虫の息だったその更生官は、手足をヒクヒクと痙攣させ、やがて動かなくなった。

上條は消火器を取り、台車で叩きつけた更生官二人の下に歩み寄った。上に乗ったままの台車を蹴り退け、上にいる更生官を足で転がり落とす。

「てめえか？　オレがあっけなかったなんて言ったのは」

上條は、鼻がひしゃげた更生官を見据え、くぼんだ消火器を振り下ろした。二度、三度……。更生官の顔はグシャグシャに潰れ、目玉が半分飛び出した。

新しい消火器を握った上條は、もう一人の更生官ににじり寄った。

「てめえか。最近のガキはそんなもんだなんて、ナメくさった口を利きやがったのは」

「や……やめてくれ……」

更生官は、怯えた目で上條を見上げた。

「やめてくれだと？　てめえら、命乞いした連中をどんな目に遭わせたんだ。死ぬまでいたぶったんじゃねえのか。え！」

上條は、消火器を振り下ろした。更生官が、かろうじて避ける。消火器が鉄板をこすり、火花が飛んだ。

「オレたち更生者だけじゃねえ。職員や、あんな小さなガキまで殺しやがって。てめえらに命乞いする資格なんざ、ねえんだよ！」

再び消火器を振り下ろす。更生官は、それもかわし、這いずり回って逃げようとした。上條は更生官の背に消火器を振り下ろした。

「ぎゃあっ！」

背骨が砕け、湾曲する。更生官は、それでもなお這いずって、逃げようとした。

上條は、更生官の脇に立ち、脇腹を蹴り上げた。更生官が転がって、仰向けになる。上條は、その腹に馬乗りになった。膝で両腕を押さえつけ、ホースを外す。

「てめえらを全殺《みなごろ》しにしねえと、気がすまねえんだ、オレは。ゴキブリみてえに逃げ回ってねえで、さっさと死ねや」

そう言い、上條は更生官の口にホースを突っ込んだ。

「んぐっ！」

更生官が目を剝く。抗《あらが》おうとするが、腰が言うことを聞かず、動けない。

上條は、更生官の喉奥にまでホースを突っ込むと、レバーを握った。

噴き出した消火剤が、気管に飛び込んでいく。更生官は、息苦しさに両眼を見開いた。口から、白い煙が吹き出す。

「んぐっ！　んぐぐぐっ！」

更生官の体が反り上がった。上條の体が弾き飛ばされる。起き上がって、更生官を見下ろす。

更生官は、口から白い粉を吐き、窒息して息絶えていた。

「消火器で窒息死か。情けねえな、オッサンよお。だが、オレみてえに復活されるとたまらねえから、とどめは刺させてもらうぜ」

上條は手に持った消火器を顔面に向けて振り下ろした。


（下巻につづく）

この作品は『獄の極』（二〇〇二年二月　中央公論新社刊）を改題の上、上下巻に分冊したものです。

中公文庫

# A《ア》 I《イ》 O《オ》民間刑務所《みんかんけいむしょ》 (上《じょう》)

2017年3月25日 初版発行

著 者 矢《や》月《づき》 秀《しゅう》作《さく》

発行者 大橋 善光

発行所 中央公論新社

〒100-8152 東京都千代田区大手町1-7-1
電話 販売 03-5299-1730 編集 03-5299-1890
URL http://www.chuko.co.jp/

DTP 平面惑星
印 刷 三晃印刷
製 本 小泉製本


Published by CHUOKORON-SHINSHA, INC.
Printed in Japan ISBN978-4-12-206377-8 C1193

各書目の下段の数字はISBNコードです。978－4－12が省略してあります。

# 中公文庫既刊より

や-53-1
もぐら
矢月秀作
こいつの強さは規格外――。警視庁組織犯罪対策部を辞し、ただ一人悪に立ち向かう「もぐら」こと影野竜司。最凶に危険な男が暴れる、長編ハード・アクション。
205626-8

や-53-7
もぐら 凱(上)
矢月秀作
勝ち残った奴が人類最強――。首都騒乱の同時多発テロから一年。さらに戦闘力をアップしたシリーズ史上最強の敵が襲いかかる！〝もぐら〟最後の闘い。
205854-5

や-53-8
もぐら 凱(下)
矢月秀作
勝利か、死か――。戦友たちが次々に倒されるなか、遂に〝もぐら〟が東京上陸。日本全土を恐慌に陥れる謎の軍団との最終決戦へ！ 野獣の伝説、ここに完結。
205855-2

や-53-9
リンクス
矢月秀作
最強の男が、ここにもいた！ 動き出す、湾岸の守護神――。大ヒット「もぐら」シリーズの著者が放つ、高速ハード・アクション第一弾。文庫書き下ろし。
205998-6

や-53-10
リンクスⅡ Revive
矢月秀作
レインボーテレビの爆破事故に巻き込まれ世を去った、巡査部長の日向太一と科学者の嶺藤亮。だが、二人は新たな特命を帯びて、再びこの世に戻って来た……⁉
206102-6

や-53-11
リンクスⅢ Crimson
矢月秀作
レインボーテレビに監禁された嶺藤を救出するため駆けつけた日向の前に立ちはだかる、最凶の敵・クリムゾン。その巨大な陰謀とは⁉「リンクス」三部作、堂々完結！
206186-6

や-53-12
リターン
矢月秀作
高校時代、地元で出会った奴らが帰ってきた。「あの日」に復讐するために……。「もぐら」「リンクス」の著者が放つ、傑作バイオレンス・アクション長篇。
206277-1